LAISHI DE LU

来时的路

亲历者讲述红色故事

红旗直插
通南巴

徐向前　等◎著
史延胜　杨　敏◎编

中国文史出版社

图书在版编目（CIP）数据

红旗直插通南巴／徐向前等著；史延胜，杨敏编
. -- 北京：中国文史出版社，2024.7
　（来时的路：亲历者讲述红色故事／朱冬生主编）
　ISBN 978 - 7 - 5205 - 4698 - 0

　Ⅰ.①红… Ⅱ.①徐… ②史… ③杨… Ⅲ.①革命回
忆录 - 作品集 - 中国 - 当代 Ⅳ.①I251

中国国家版本馆 CIP 数据核字（2024）第 101967 号

责任编辑：金　硕

出版发行：**中国文史出版社**
社　　址：北京市海淀区西八里庄路 69 号　　邮编：100142
电　　话：010 - 81136606/6602/6603/6642（发行部）
传　　真：010 - 81136655
印　　装：廊坊市海涛印刷有限公司
经　　销：全国新华书店
开　　本：700mm × 1000mm　1/16
印　　张：17.25
字　　数：165 千字
版　　次：2025 年 1 月北京第 1 版
印　　次：2025 年 1 月第 1 次印刷
定　　价：72.00 元

丛书编委会

总　主　编　　朱冬生

执 行 主 编　　史延胜　　金　硕

执行副主编　　吕　鹏　　任德才　　左厚锋

编　　　者　　庞召力　　孙召鹏　　丁　伟　　杨顺雨

　　　　　　　　彭　曾　　倪慧慧　　冯长青　　牛胜启

　　　　　　　　冯华安　　刘英芳

出版说明

选题缘起

一是贯彻落实习近平总书记提出的"要讲好党的故事、革命的故事、根据地的故事、英雄和烈士的故事,加强革命传统教育、爱国主义教育、青少年思想道德教育,把红色基因传承好,确保红色江山永不变色"重要指示精神,深入挖掘红色资源,丰富精神宝库。"采取青少年喜闻乐见、易于接受的形式",讲好"四个故事"、加强"三个教育",以高度的历史自觉培育有理想、有本领、有担当的时代新人。抚今追昔、鉴往知来,不忘初心、牢记使命,始终牢记"我们走得再远都不能忘记来时的路",让信仰之火熊熊不息。

二是引导人们树立正确的历史观。中国共产党百年非凡奋斗历程为我们留下了丰厚的精神遗产,随着时间的推移,现阶段人们尤其是年青一代对当年那一段血与火的历史已渐感陌生；网络时代媒体传播的多元化，极大丰富了人们的信息资源，但在一定程度上也干扰了人们对历史的正确认知，特别是关于党史和军史，存在不准确甚至不正确的史料传播。本丛书旨在通过收集和整理史料，让历史说话，用史实发言，为人们树立正确历史观提供翔实资料。

三是文史资料再开发的尝试。现存的权威军史资料大都时日已长，为防止宝贵的红色资源湮没在历史尘埃中，迫切需要对其进行深度挖掘、梳理整合，以"亲历、亲见、亲闻"的"三亲"史料的形式，让红色资源以新的体系、新的样态呈现在世人面前，更好地发挥教育功能。

编选原则

一是坚持正确的政治立场。牢牢坚持党性原则，牢牢坚持马克思主义新闻观，牢牢坚持正确舆论导向，牢牢坚持正面宣传为主。

二是主题鲜明。丛书反映了中国共产党团结带领中国人民，以"为有牺牲多壮志，敢教日月换新天"的大无畏气概，书写了中华民族几千年历史上最恢宏的史诗；展现了坚持真理、坚守理想，践行初心、担当使命，不怕牺牲、英勇斗争，对党忠诚、不负人民的伟大建党精神。

三是史料权威。丛书内容来源于《中国人民解放军历史资料丛书》《中国抗日战争军事史料丛书》《中国工农红军长征史料丛书》所收录的文章及老一辈革命家的回忆录等。涉及党内路线斗争的题材概不收入；涉及犯有重大错误的人员的情况只做客观描述，不做评述；理论性较强，不便于一般读者理解的文章慎重选录。

四是注重"三亲"性。所选文章紧扣"亲历、亲见、亲闻"的特点，内容感人至深、思想丰富深刻、语言通俗易懂，为加强红色资源的故事化提供生动范例，做到知识灌输与情感培养并举。

卷册专题划分

一是在纵向上按照中国革命的历史进程，讲述了土地革命战争时期、抗日战争时期、解放战争时期及新中国成立初期的党史和军史故事。

二是在横向上各个历史时期再按区域或按部队序列进行分述。如土地革命战争时期的各地武装起义，按照当年武装起义比较集中的地区，如湘赣、湘鄂西、鄂豫皖、苏浙闽沪、陕甘等分别编辑成册。抗日战争时期，按照八路军第一一五师、第一二〇师、第一二九师、新四军、华南抗日游击队、东北抗日联军等分别编辑成册。解放战争时期，按照第一、第二、第三、第四野战军和华北军区部队，以及剿匪斗争、策动国民党军起义投诚等分别编辑成册。后勤工作、军队院校等特殊领域，单独成册。

　　囿于文史资料的自身特点，作者个人身份立场、视野角度不同，一些人撰稿时年事已高、事隔经年，记忆恐有偏差，细节难求完全准确，有意偏重或弱化亦难避免。对此，我们力求维持原貌，体现多说并存，只对一些显而易见的讹误进行了谨慎订正。诚然如此，由于我们能力水平和主客观条件的限制，难免有疏漏之处，恳请广大读者批评指正！

编　　者
2024 年 6 月

本
书
提
要

　　1930 年 10 月，蒋、阎、冯中原大战和湘粤桂边战争结束后，蒋介石立刻集中兵力向各根据地和红军发动大规模"围剿"。此时红军已发展到十多万人，组建了正规兵团，武器装备有所改善，所到之处已普遍建立党组织和工农民主政权，开展土地革命，受到贫苦农民的拥护，建立起较大块的根据地，有了广阔的战场和回旋余地。1930 年冬到 1931 年夏，红军在鄂豫皖先后打破国民党军队两次"围剿"。1931 年 11 月 7 日，根据中共中央的决定，鄂豫皖根据地的红四军和红二十五军在湖北黄安七里坪合编为红四方面军。1931 年 11 月至 1932 年 6 月，鄂豫皖苏区周边国民党军新的"围剿"尚未布置就绪，部队处于分散防守状态，红四方面军借机连续进行了黄安、商潢、苏家埠、潢光四次战役，使蒋介石准备对鄂豫皖苏区进行的第三次"围剿"未及开始就遭破产。在反"围剿"作战中，红四方面军创造的避强击弱、包围迂回、围点打援等战法，为红军战略战术原则的形成和发展做出了重要贡献。1932年10月，鄂豫皖革命根据地第四次反"围剿"失败后，红四方面军撤出根据地，辗转陕南川北，至1933年2月，红军解放通江、南江、巴中三座县城及其周围的大部分地区，开辟了以通南巴为中心的川陕根据地。1933年2月至1934年9月间，先后粉碎国民党军队的"三路围攻""六路围攻"，歼灭敌人的大量有生力量。1935年3月，红四方面军强渡嘉陵江、攻克剑门关，揭开了万里长征的序幕。本书收录的文章主要围绕鄂豫皖红军初创时期开展游击战争及红四方面军创建鄂豫皖、川陕革命根据地展开，反映了中共中央鄂豫皖分局、川陕分局贯彻党中央指示，领导红四方面军开展武装斗争、创建革命根据地、发展革命力量的艰难历程。

目录

割据鄂豫边[*]

王树声　陈再道　詹才芳

1927 年 11 月 13 日，鄂东北黄安、麻城两县的工农群众，在中国共产党的领导下举行了武装起义。起义武装经过艰苦曲折的斗争，终于走上了以农村为中心，农村包围城市，最后夺取政权的道路，在鄂豫两省的黄（安）、麻（城）、光（山）三县边界，建立起鄂豫皖边区最初的一块革命根据地，为以后革命斗争的发展奠定了基础。

中国共产党成立之后，湖北黄安、麻城两县逐渐有了共产党的影响和活动。到 1925 年秋冬，两县分别建立了中共特别支部，积极组织秘密农民协会，开办贫民夜校，宣传革命思想，加强了组织和发动群众的工作。1926 年 10 月，北伐军攻占武汉的胜利，有力地推动了黄、麻两县革命运动的发展，党组织和农民协会均由秘密转为公开，并且猛烈地发

　＊　本文原标题为《从黄麻起义到鄂豫边割据》，收录时做了适当修改。

1

展起来，"打倒帝国主义""打倒封建军阀""打倒土豪劣绅""打倒贪官污吏""一切权力归农会""劳农神圣"等口号响遍了城镇和乡村。

农民运动兴起之后，以暴风骤雨之势与土豪劣绅展开了面对面的斗争。广大农民以大无畏的革命精神，拿起了锄头、扁担、刀矛、土铳，在当地党组织的领导下，紧紧地团结在一起，向封建地主和一切反动势力进行猛烈攻击。1926年冬和1927年春，两县先后逮捕并惩办了吴苇村、李介仁、丁枕鱼等罪大恶极的土豪劣绅数十名，麻城的革命群众还粉碎了反动县长刘芳、商会会长李舜卿等组织反革命政变的阴谋。农民们革命情绪高涨，他们兴奋地说："盖子揭开了，革命就要革到底！""共产党是真正领导穷人革命的，一定要跟着共产党干到底！"

1927年蒋介石发动四一二反革命政变，党的组织被迫转入隐蔽斗争，部分外逃的土豪劣绅纠集反动武装向革命人民发动了疯狂进攻，并于4月下旬包围了麻城县城。紧急情况下，麻城党组织派人到武汉搬兵。在中共湖北区执行委员会负责人董必武的主持下，湖北省各界组成"麻城惨案委员会"，会同毛泽东在武昌主办的中央农民运动讲习所的武装学生300余人驰援解围。当学生军接近麻城城郊时，反动武装红枪会仓皇北撤，革命武装在广大群众的配合下乘胜反击，一直追到新集附近，沿途摧毁了方家湾等反动据点，给了敌人以沉重打击，取得了很大胜利。此后，两县在中央农民运动讲习所学习的一些共产党员如戴克敏、汪奠川、刘文蔚、桂步蟾等先后返回黄、麻工作，领导发展当地的农民运动和武装斗争。

武装斗争大大激励和锻炼了农民群众的革命意志，两县先后建立了脱离生产的农民自卫军，并在七里、紫云、乘马、顺河等区普遍组织起农民义勇队。5 月，黄安农民自卫军和北乡 3000 余名武装农民，在木城寨抗击反动红枪会达七昼夜之久，党组织动员广大群众配合农民自卫军大举反攻，将敌击溃。6 月 20 日，麻城北乡又遭反动红枪会疯狂进犯，当地群众在杨泗寨、癫痢寨、破寨岗等地与敌激战 3 日，打退了敌人的进攻。其中破寨岗一战，守寨农民自卫军 100 余人在 6000 余名群众的配合下，击退 1 万余名会匪的进攻，并追杀 20 多公里，毙俘反动会首十余名。群众为纪念这次胜利，将破寨岗改名为"得胜寨"。

正当黄麻人民欢欣鼓舞庆祝胜利，进一步巩固、扩大革命力量的时候，汪精卫又发动七一五反革命政变，国民党下令"清党"，到处解散农民协会，收缴农民自卫军的武器，大肆捕杀共产党人和革命群众，而且宣布"宁可枉杀千人，不可使一人漏网"。黄、麻两县潜伏和外逃的豪绅地主更是乘机而起，勾结反动红枪会，妄想扼杀这个地区的革命运动。在此紧急关头，共产党员更坚定地和群众一起投入火热的斗争，受过革命洗礼特别是那些经过激烈阶级斗争和武装斗争锻炼的人民，更是紧紧地抓住枪杆子不放手，他们说：

"农民协会还是要！""不打不能安身！"两县党组织经过整顿之后，形成了新的领导核心，继续领导着以农民自卫军为骨干、以农民义勇队为基础的农民武装和广大群众，粉碎了国民党的收编诱降，打退了反动红枪会的多次进攻。8月17日的北界河战斗，麻城农民自卫军在黄安农民武装一部和麻城上万群众配合下，打垮恶霸头子王芝庭率领的反动民团数十人和反动红枪会数千人的进攻，毙敌100余名，活捉了王芝庭，有力地打击了反革命的凶焰。

1927年8月，党的八七会议确定的土地革命和武装反抗国民党反动派的总方针，9月间传达到黄、麻两县，给正在坚持斗争的革命人民照亮了前进的道路。同时，南昌起义和秋收起义的胜利，给当地党组织和广大人民以极大的鼓舞。两县党组织迅速制订了贯彻八七会议决议的计划，积极领导广大群众举行秋收起义，形成了农民革命运动的新高潮。

由于两县党组织缺乏领导起义的经验，没有及时在农民协会的基础上建立起革命政权，没有及时在农民自卫军的基础上建立起革命军队，因而未能把这时的农民运动推进到武装夺取政权的新阶段。然而这次起义的意义是很大的，它向当地农民树起了党的土地革命的旗帜，进一步发动了群众，组织了群众，武装了群众，严厉打击了土豪劣绅的复辟活动，基本上肃清了黄麻北乡七、紫、乘、顺等地区的反动势力，为更大规模的起义行动准备了条件。

10月间，湖北省委鉴于黄、麻两县当时尚有相当数量的武装和很好的群众运动基础，遂派符向一、刘镇一、王志仁、吴光浩等到黄麻地区，建立了黄麻特委和鄂东革命委员会，统一领导黄、麻等县的武装起义，并于 11 月 3 日在七里坪召开了党的活动分子会议，做出武装夺取黄安县城建立革命政权和革命军队的决定。这时，两县农民自卫军共有 300 余人，以刀矛土枪武装起来的农民义勇队及其他形式的农民武装达 3 万人以上。

1927 年 11 月 13 日，声势浩大的起义壮举开始了。黄麻特委调集黄安农民自卫军全部、麻城农民自卫军一部，以及七里、紫云等区精悍农民义勇队组成攻城部队，于当天夜间 10 点，浩浩荡荡地向黄安县城进发，黄安七里、紫云、高桥、二程、桃花、城关等区成千上万的群众积极响应配合作战。14 日凌晨 4 点，攻城部队在城内人民配合下一举攻入城内，全部消灭了反动警察武装，摧毁了反动县政府，活捉县长贺守忠等贪官污吏、土豪劣绅数十人，把红旗胜利地插上了黄安县城头。

黄安县城的解放振奋了广大人民，成千上万的农民涌入城内庆祝胜利，全城张灯结彩、鞭炮齐鸣，到处贴满鄂东革命委员会的布告和鼓舞革命斗志的标语。18 日，在黄安城南门外校场岗举行了万人大会，庄严宣告黄安历史上第一个工农民主政权诞生。农民政府主席曹学楷在大会上慷慨激昂地说："过去我们种田佬，每年除了把粮饷送给大老爷，或是被土豪劣绅贪官污吏抓来打屁股、关牢和砍脑壳以外，再不敢进大老爷的衙门。但是今日我们种田佬、担粪的，公然自己组织政府，自己做起委员来了。这证明我们革命力量的强大，同时也证明了现在是劳苦人民的世界，是无产阶级的世界了！"他的话激励着每个到会的群众，全场掌声雷动、欢呼四起，充满了起义胜利的喜悦。

农民政府成立后，黄、麻两县农民自卫军举行了隆重的检阅仪式，宣布组成中国工农革命军鄂东军，潘忠汝为总指挥，吴光浩、刘光烈为副总指挥，戴克敏为党代表。在检阅仪式上，潘忠汝响亮地号召大家："一定要在中国共产党的领导下，坚决奋斗，打出我们的一条大路，直到打出我们的江山！"

黄麻起义在鄂豫皖边区革命斗争史上具有重大意义，它以有力的行动回击了反革命的屠杀和进攻，大大鼓舞了当地广大群众的斗争。它在鄂豫皖边建立了第一个工农兵政权，用实际行动向当地人民指明，要获得解放和土地，不但必须而且能够自己起来夺取和掌握政权；并且在农民自卫军的基础上组成的工农革命军鄂东军，将成为这个地区以后开展革命战争的一支骨干力量。这次起义的胜利证明：党的八七会议所确定的武装革命的总方针是完全正确的。

黄麻起义的胜利，震撼了武汉等地的敌人，把当地的革命斗争推进到一个新的阶段。国民党反动派立即调动军队向起义的人民进攻，刚刚解放 21 天的黄安县城复陷敌手，起义地区陷入严重的白色恐怖中。

1927 年 12 月下旬，当地党组织和工农革命军的领导人吴光浩、戴克敏、曹学楷等，在黄安北乡之木城寨举行会议。为了保存力量、坚持斗争，决定留少数人枪就地坚持斗争，将大部分人枪转移到敌后游击。接着即在黄安北乡闵家祠堂集合了 72 人，携带长短枪 53 支，乘夜转移，通过敌人的层层封锁，胜利地到达黄陂县木兰山一带。

工农革命军鄂东军到木兰山后，根据中共湖北省委的指示，即改成工农革命军第七军，吴光浩为军长、戴克敏为党代表、汪奠川为参谋长，便在木兰山周围展开了积极活动，宣传发动群众，破坏敌人交通，打击反动武装，革命军的声誉大振。

敌人发现工农革命军在木兰山活动后，即调动部队前来围攻。第七军机智地冲出敌人的包围，东进黄冈、罗田游击。但是这些地区的革命力量遭到敌人严重破坏，第七军到处受到敌人追击"堵剿"，活动异常困难，遂于 1928 年 3 月初重返木兰山。其间，第七军日夜与强敌周旋，风餐露宿，历尽艰辛，但是大家坚强地克服各种困难，坚持斗争。吴光浩教育大家："我们的枪丢不得！有了枪，才能打倒地主阶级，才有工农的出路。丢了枪，就不能胜利，不能生存！"

在工农革命军转战木兰山期间，黄、麻两县的土豪劣绅纷纷建立"清乡团"，和国民党军一起，对革命人民进行血腥镇压。不少村庄被血洗，无数的革命战士和群众遭到剖腹、挖心、剁手、活埋等惨无人道的屠杀，甚至老弱妇幼亦难幸免。群众日夜盼望着工农革命军打回来报仇雪恨。当第七军返回后，即向土豪劣绅"清乡团"展开猛烈反击，广大群众亦揭竿而起、闻声响应。每逢作战，人群就像潮水般地从四面八方涌来配合，数日之间消灭和驱逐了七里、紫云、乘马、顺河等区一些地主武装。农民们高兴地把这次胜利称为"二次暴动"，并且编出歌谣到处传唱："党员游击转回还，黄陂到黄安，先打'清乡团'；铲土豪、除劣绅，一心要'共产'！谁敢来抵抗，叫他狗命完。"

为了摆脱强敌的跟追，部队经常活动于鄂豫边界，利用两省军阀行动不尽一致的空隙和矛盾，跳来跳去，辗转游击。5月间，当地党组织和第七军领导人决定在恢复老区工作的同时，开展柴山保地区的工作，以便在黄、麻、光三县交界的摩云山、羚羊山、木城寨、光裕山之间创造一个比较稳定的立足点，作为对敌斗争的依托。这个决定，实际是创建农村革命根据地思想的萌芽，是第七军发展历程上的重要转折。

从黄安突围，经过以木兰山为中心的游击活动，到返回黄麻农村开展游击战争，是当地党组织和工农革命军所经历的又一次重大考验和锻炼。强大的敌人在占领黄安城后，企图以更残酷、更大规模的屠杀来扑灭革命的火焰。当时第七军仅数十人枪，却怀着革命必胜的雄心壮志，发扬了敢于斗争、敢于胜利的革命精神，在党的领导下，继续坚持了武装斗争的正确方针，因而保存了革命力量，鼓舞了群众斗志，扩大了革命影响，积累了斗争经验，挽救了当地革命的危局，向着边界武装割据的正确方向，跨出了重要的一步。

进入柴山保后不久，我军即在河南湾击溃了紫云区"清乡团"和国民党第十八军一个连的进攻，俘敌两名，缴驳壳枪3支。这一仗虽然缴获不多，但政治意义很大，树立了革命军的声威，震慑了反动势力，鼓舞了广大人民群众，对开展边界地区的工作有着重要的作用。

为了在柴山保地区站稳脚跟，打开局面，党组织决定派曹学楷等负责地方工作，他们首先深入群众，扎根串联，建立党的组织和秘密农会，发动抗租抗债等斗争。对上层分子，除少数反动豪绅必须严办以外，争取一些较开明的分子保持中立。对红枪会则派人打入内部，争取会众，进行改造。这些措施都是符合当时情况的。因而经过几个月的艰苦工作以后，党和工农革命军获得了当地广大群众的热烈拥护，群众生活得到了一些改善，并且初步地组织起来；上层分子逐渐分化；红枪会变成了革命的红枪会；柴山保变成了一块红色区域。

随着工作的开展，党和军队的力量也发展了。7月间，根据中央指示，第七军改编为中国工农红军第十一军三十一师。10月间，中共湖北省委决定，成立中共鄂东特委，进一步加强了党对群众工作的领导，许多被迫离乡的共产党员和革命群众纷纷返回黄麻老区，加强了革命力量。这样，红军和当地党组织、革命群众汇成一股巨流，使新苏区的工作迅速发展起来，党和红军在黄、麻、光边界开始站稳脚跟。

这时，毛泽东同志亲自领导创建的井冈山革命根据地，成为照耀各地革命斗争前进的灯塔。鄂东特委提出"学江西井冈山的办法"，并通过中央巡视员于12月15日向党中央提出建议，要求把黄安、麻城、光山、商城、六安等县划为鄂豫皖特区，以创造整个大别山脉的武装割据。这个具有战略意义的建议，说明鄂豫边的党和红军对于利用边界地区实行武装割据，已经有了更加明确的认识。

1929年，鄂豫边的武装割据地区日益巩固和发展。三四月间，红三十一师乘蒋桂军阀混战之机，向外扩大游击，消灭了黄安县的禹王城、离桥河及麻城的西张店等地多股反动民团，缴枪140余支。随着军事上的胜利，割据地区也进一步扩大。黄安、麻城、罗山、孝感、黄陂的部分地区，建立了区一级的工农政府和游击队、赤卫队，中心区域已初步分配了土地。红三十一师也迅速扩大，发展到400多人。部队党政工作有了加强，此外还创办起小型医院、修械所和被服厂。

5月下旬，中共鄂东北特委召开了各县县委和红三十一师师委联席会议，改组鄂东北特委，并根据党的六大决议，通过了《临时土地政纲》《目前政治形势与党的任务》《关于扩大游击战争决议案》《关于苏维埃问题决议案》等8个决议案。在党的这些决议指导下，鄂豫边的武装斗争、土地革命和政权建设紧密结合起来，初步形成了鄂豫边工农武装割据的新局面。

在鄂豫边革命根据地日益巩固和发展的同时，豫南、皖西的党组织亦先后在商城南部和六安、霍山地区领导起义，建立了红三十二师、红三十三师和豫东南、皖西两块革命根据地。1930 年 3 月，根据中共中央指示，成立了中共鄂豫皖边特委和中国工农红军第一军，实行了三支红军和三块革命根据地的统一领导，胜利地实现了创造鄂豫皖三省边界大别山脉的武装割据的夙愿，使这一地区的革命斗争进入了更大发展的新时期。

战斗在木兰山上

程启光

1927年11月中旬，黄麻起义将胜利的红旗插上黄安县城头，建立了工农革命军鄂东军，开创了鄂豫皖地区土地革命、武装斗争、建设苏维埃政权的革命局面。但在国民党军的反扑下，终因敌众我寡，黄安县城失守，工农革命军损失严重，只有部分人员突出重围。

12月下旬，党组织和工农革命军领导人吴光浩、戴克敏、曹学楷、汪奠川等，在黄安县的北乡木城寨举行会议，总结了起义经验，吸取了失败教训，为保存力量，决定将起义武装一部留在当地坚持斗争，大部转移到黄陂县木兰山一带开展游击战争。

工农革命军在黄安紫云区闵家祠堂集合了72人，带长枪42支、短枪11支，向木兰山转移。当行至高桥区一个村子时，天已经亮了，部队住进一个祠堂。这里离敌军很近，当时队伍中有许多人穿着国民党的军装，为了安全起见，就假充是敌第十二军的部队，没有穿国民党军装的就躲在祠堂里不出来，只由会说北方话的廖荣坤出面跟那些户长、保甲长进行交涉。那些地主豪绅信以为真，都来拜访工农革命军，对这些家伙，工农革命军只准进不许出，天黑后把进来的六七个罪大恶极的家伙捆了起来，拉到麦地里处决了。部队乘夜继续前进，沿途冲破敌人层层封锁，战胜重重困难，于12月29日胜利到达木兰山。从此，这支经过黄麻起义锻炼的宝贵革命火种，便以木兰山为中心开展游击战争，开始探索在农村长期坚持武装斗争的革命道路。

这时，木兰山地区国民党第三十军已调走，地方反动武装比较薄弱，人民群众受过大革命的影响，党的组织仍在坚持隐蔽的斗争。加上木兰山峰高势险、庙宇连绵，方圆六七十里，可以暂做积蓄革命力量和坚持斗争的一个基地。

工农革命军上山后改编为工农革命军第七军，经短暂整顿即展开活动，到处张贴布告、积极宣传，开仓分粮、救济贫民，提出"抗租、抗粮、抗税、抗捐、抗债"的"五抗"口号，号召贫苦农民起来打土豪、分田地，推翻反动的国民党统治。为了进一步发动群众，打击地方反动势力，第七军决定打木兰山外围的封建堡垒罗家岗。罗家岗的大土豪罗保元一贯横行乡里、欺压人民，深为周围群众所痛恨。他有几十条步枪，筑有寨墙，四面有哨，平时不好接近。第七军便在除夕夜晚，由吴光浩、江竹青率领25个人先接近当铺门口，准备待他们开大门迎财神烧纸放花炮时冲进去。但狡猾的敌人在炮楼上放了花炮，大门一直没有开，于是第七军就开始硬攻，一直打到天亮也没有打开。后来抢占了当铺两侧的榨房，采用火攻，这下敌人受不住了，急忙扔下几条破枪跟我们讲和，要我们退后 2 公里。当时吴光浩考虑，再不解决战斗，其他地方的敌人会来增援，于是第七军就退了一下，敌人乘机逃跑了一部分，我们回头占领了当铺，缴枪19 支，革命军无一伤亡。打开当铺后，我军立即发出布告，通知四乡群众前来无偿取当，并把"死当"和其他财粮分给群众。连续 3 天，分粮取当的群众成群结队、络绎不绝。这一仗进一步发动了群众，扩大了我们党的影响，壮大了第七军的声威。

罗家岗战斗的胜利惊动了敌人。1928 年 1 月 26 日，敌人以 1 个团的兵力向木兰山区进行"围剿"。第七军分成若干小组，利用有利地形，边打边撤，杀伤了很多敌人，将敌人全部吸引到木兰山上，然后乘夜突出包围。为摆脱优势敌人，第七军决定向黄冈县境转移，曹学楷、徐朋人等留在原地坚持斗争。

这一时期我随同二哥程启宗到武汉去了，他是共产党员，他给我讲了以上第七军在木兰山区打游击的情况，我决定由武汉回木兰山找部队。

2 月间，我由汉口来到木兰山，首先在塔耳岗见到了曹学楷，他开了个杂货铺做掩护，和徐朋人等在木兰山和洪界山一带发动群众，聚积革命力量。我拿着他给写的条子到洪界山，找到了徐朋人，当时山上集中了60多人，都穿着老百姓衣服，号称第八军，全军只有徐朋人有支手枪，另有一支汉阳造步枪，枪筒还锯掉了一段。我们天天派人下山打听，盼望第七军转回木兰山。一天，我们正在洪界山庙里开会，忽然侦察员跑来报告说，敌人来了。我们当即休会疏散隐蔽，派人出去一看，原来是第七军回来了。一个月来，第七军70多人东进黄冈，在敌人控制区内往返转战，他们以南瓜野菜充饥，盖稻草露宿，历尽艰辛，但每到一地都积极宣传党的主张，打土豪劣绅，开仓分粮。他们冲破敌人多次追堵，带着在大崎山缴获的9支崭新的驳壳枪，胜利地回到了木兰山。

两军会合，大家欣喜若狂。部队移驻塔耳岗西2公里的陈家祠堂，两军合并在一起，共一百三四十人，第八军番号取消。9天后，敌人又来进攻，部队转至陈家寨。当晚，吴光浩集合部队讲话，他说黄麻起义地区仍被敌人盘踞着，木兰山靠近武汉，部队集中活动很难，为了保存力量，部队要分散活动，部分同志暂时要离开队伍。当晚一些同志拿上路费，有的回家乡，有的以做小生意为掩护到外地分散活动。留下的同志分为两路，一路由吴光浩、廖荣坤、王树声等8人带了48支长枪和一些子弹，到木兰山与洪界山之间的王家河去埋枪；另一路直奔李家寨，到李家寨后，又派我装扮成卖菜的，接吴光浩他们到李家寨。

这时部队还剩下30多人，在李家寨召开了党员会议，分析了斗争形势，讨论了部队行动方向，决定将留下的人编为9个短枪队，分散游击，隐蔽活动，准备在适当时机打回黄麻地区。短枪队以木兰山为中心，时聚时散，用昼伏夜出、声东击西、远袭近止、绕南进北的战术，神出鬼没地打击敌人。

1928年4月初，国民党桂系军阀胡宗铎任湖北"清乡督办"，与国民党蒋系第十二军有矛盾，第十二军在桂系第十八军的攻击下向河南撤退。这时起义区出现空隙，反动势力比较薄弱，我军决定趁这一有利时机返回起义区，并先派戴克敏、徐其虚所率的一个队先行，前去联系群众、侦察情况。接受任务后，我们一队10人向起义区疾进。一路上，晚上行军，白天隐蔽，途经高桥、向阳沟、陈家冲，到第四天晚上又走了五六公里，到了清水塘，在这里我们了解到反动民团团长郑国图带30多人住在上戴家，当即决定消灭这股敌人。

戴克敏家就住在上戴家，这条路他很熟，他在前面带着我们秘密地摸进村里，这时戴克敏的叔伯哥哥也赶到了，他带着一支驳壳枪加入了我们的队伍。我们11个人把反动民团包围，敌人还未来得及还击，我们就冲上去了。敌人乱作一团，有的乱跑，有的举手被缴枪。我们返回起义区首战告捷，士气更旺，接着去打檀树岗民团，反动民团闻风逃跑了。檀树岗的群众听说我们回来了，像久别的亲人相逢那样欢迎我们，纷纷要求工农革命军回来，向敌人讨还血债。

数日后，戴克敏派我去木兰山把吴光浩、曹学楷带领的部队接回起义区，接着又派人取回埋藏的枪，与在当地坚持斗争的吴焕先等同志胜利会合。

　　经过黄麻起义的锻炼，在木兰山保存下来的革命精华，又投入到了发展红军和开创革命根据地的伟大斗争之中。

从木兰山到柴山保

王树声

    1927 年 11 月 13 日，黄安、麻城农民秋收暴动，攻下了黄安城。但 21 天后，敌军反扑，占了黄安城，一部分起义武装突出重围。

    反革命军队占领黄麻地区后，到处搜捕、屠杀共产党人和革命群众，一时乌云盖天，白色恐怖由县城向农村蔓延开来。我党麻城县领导人农协委员长刘象明、县教育局局长王宏文等同志相继被捕，壮烈牺牲。县委书记蔡济璜同志潜回乡下，继续领导人民斗争，他曾写了不少革命诗篇，其中有这样一首："明月照秋霜，今朝返故乡。留得头颅在，雄心誓不降。"后来他不幸在病中被反动派逮捕，与刘文蔚、邓天文同志一起在顺河集区林店殉难。三位烈士在临死时高唱《国际歌》从容就义，敌人为之变色，群众潸然泪下。三位烈士牺牲时，都只有 22 岁，乡亲们痛惜地说："这三个为穷人而死的好汉，合起来才只 66 岁呀。"

革命力量虽然遭受了严重的损失，但是革命的火焰是扑不灭的。为了保存革命力量，吴光浩、戴克敏、曹学楷等同志在黄安紫云区闵家祠堂，将两县革命武装编成一支不满100人的队伍，转移到黄陂县的木兰山，并改编为工农革命军第七军。工农革命军上木兰山后，积极展开游击活动，先后消灭了罗家岗等处的民团。这些战斗震动了敌人，他们又急忙调兵对木兰山进行"围剿"，工农革命军旋即突围到木兰山以东黄冈县的回龙山、大崎山一带活动。敌人撤退后，工农革命军又回到木兰山。不久，敌人又来"围剿"，我们以木兰山为中心分散活动，时聚时散，昼伏夜行，神出鬼没地打击敌人。

1928年春天，国民党反动武装主力从黄、麻两地撤退，我们回到老区，亲眼看到了反动派犯下的滔天罪行，眼望着被蹂躏而显得凄凉的故乡，耳听着乡亲们悲愤的控诉，仇恨的烈火顿时在胸膛中炽烈地燃烧起来。我们含着泪，分成多路，首先从消灭黄安紫云檀树岗的民团开始，连续歼灭了多处的封建地主武装。每到夜晚，到处可以听到处罚土豪劣绅和封建地主武装的愤怒的枪声，到处可以看到乡亲们燃起向土豪劣绅们复仇的熊熊烈火。

1928年春末，我们进入斗争条件优越的柴山保。柴山保在新集西南，属河南光山县境，紧挨着黄安的七里坪、紫云和麻城的乘马岗，当地的穷苦群众受到革命斗争的影响，积极要求革命，加之上层封建统治势力比较薄弱，且山高壁陡，交通闭塞，地形对我们也有利。进入柴山保以后，革命力量发展很快。

在一个雾蒙蒙的早晨，桂系军队一个连和穿便衣的短枪队，突然向我们驻地河南湾奔袭来了。待我们发觉时，敌人已接近我们。我们抢占了后面的高山，趁敌人的阵势还没有完全摆好，又从山上冲下去把敌人打乱了。我们乘胜追杀，捉了两个俘虏，缴了三支驳壳枪。带路的土豪方小亭逃回去后，被国民党的连长打了一顿。事后，当地群众编了一首歌谣："工农革命军真勇敢，打一仗在河南湾。盒子枪缴三管，方小亭挨皮鞭。"

我们进入柴山保以后，为了集中对付国民党军队的"围剿"，决定由曹学楷等同志进行统一战线工作，并取得了当地的红枪会革命化。与此同时，广泛展开了发动群众的工作，在吴光浩、戴克敏等领导同志带头下，人人写标语、贴传单，并经常三五人一组分散在道旁的凉亭、茶棚等歇脚处，向赶集的农民和行商、担贩宣传革命道理，宣传共产党的主张，宣传工农革命军是穷人的军队。过路的人非常感动地说："革命军队不但保护穷人免税过关，还倒茶水招待，从来没见过这样的好队伍。"

之后，为适应新的形势和任务，奉党中央指示，工农革命军第七军于柴山保尹家咀宣布改编为中国工农红军第十一军第三十一师，军长兼师长吴光浩，党代表戴克敏。同时，积极发展党组织，成立革命政权，发展游击队、赤卫队。红军和当地的党组织、革命群众重新汇成一股巨流，使斗争更加迅速地发展起来。

一天早晨，红军正驻在柴山保边缘的新庙，忽然发现敌人一个连向我们驻地前进，我们立刻把队伍拉到山上准备战斗。敌人越来越近了，他们发现了我们，不仅没有开枪，倒有许多人坐在路边休息。我们非常诧异，不知他们耍什么花招。后来，一个军官模样的人摇着白手巾，沿着羊肠小道向山上走来，离我们数百米远时立定下来，一面摇着手巾一面连声喊着："我们投红军来了，我们投红军来了……"是不是诈降？我们怀疑着。这时有一个同志挺身而出说："让我去探个虚实，要是诈降，只牺牲我一个人，要是真降，可带回一连人来。"

吴光浩同志同意后，那个同志大步往山下走去，我们都紧张地注视着对方的动静。半小时后，派去的同志奔上山来，高兴地说："是真的哗变来了。"原来这是桂系第十八军的一个连，其中一个学生出身的排长受到我党宣传的影响，有进步要求。该连事务长与连长有矛盾，这个排长就和事务长秘密议定把连长打死后，带着队伍来投奔我们。

我们这支武装从工农革命军起就建立了党代表制，到这时各级党代表制和政治工作更加健全了，许多优秀的战士入了党，部队有着许多优良的作风，官兵平等，经济公开，组织纪律性很好。做群众工作更成为干部战士的重要工作，每到一地大家纷纷出动写标语、贴传单，积极宣传革命主张，扩大我军的政治影响。

随着红军的壮大，柴山保的群众也发动起来了，土地革命运动蓬勃开展起来，开始建立鄂豫边革命根据地。1929年，党又在豫南的商城、皖西的六安等地领导了武装暴动，扩大了革命力量，先后建立了红三十二师、三十三师，一面又一面的红旗，在鄂豫皖广阔的土地上高高地飘扬起来。

不幸的是，当年夏吴光浩同志化装带少数人枪去红三十二师时，走到罗田县境被反动民团包围，不幸壮烈牺牲了。消息传来，我们十分悲痛。吴光浩同志对我们这支武装的发展和建设，有着很大的贡献，他不仅有军事和组织才能，而且处处以身作则，和战士同甘共苦。为了执行任务，我们经常一个晚上急行军上百里，走得两腿麻木，站着蹲不下去，蹲下去站不起来，这种情况下，吴光浩和戴克敏同志总是鼓励大家。在严寒的冬天，他们和战士们一样睡在稻草窝里，深夜还起来替同志们盖稻草（因为没有被子）。在这艰苦的岁月里，他们那种革命乐观主义和阶级友爱精神，深深地感染着大家。

吴光浩同志牺牲后，党中央派徐向前同志来参加领导工作。这支武装，在党的领导下，高举着战斗的旗帜，继续奋勇前进。

春风吹绿柴山保[*]

陈再道

1928 年 4 月，巍峨的大别山南麓，山花烂漫，草木葱茏，正是春回大地、万物复苏的季节。但由于高空寒潮的侵袭，还不时刮来阵阵料峭的北风。

我第七军重返黄麻老区之后，革命的斗争形势，如同融冰化雪的澎湃春潮，在这片烈士血迹未干的土地上，涌动着、席卷着。

4 月中旬，敌人加紧了对革命力量的疯狂反扑。桂系军阀胡宗铎，被任命为湖北省"清乡督办"，国民党第十八军军长陶钧，被任命为"清乡会办"，并派出第十八军一部，控制了七里坪、乘马岗、箭厂河等大小集镇，帮助土豪劣绅重新组织清乡团等反动地主武装，不断向我军发起袭扰、进攻、"围剿"。

---

[*] 本文选自《陈再道回忆录》，解放军出版社 2009 年版，收录时做了适当修改。

鉴于敌情变化，我第七军的领导吴光浩、曹学楷、戴克敏、徐朋人等同志研究决定，在鄂豫边界的崇山峻岭之中，展开你来我走、你进我退的巧妙周旋，摆脱跟踪而来的敌人的进攻。但是，经过一段时间之后，就觉得要坚持长期的武装斗争，必须有一个相对稳固的立足点，作为对敌斗争的可靠依托。如果不这样，当强敌来临的时候，势必一日数迁，东奔西走，风餐露宿，疲惫不堪，使自己处于更加困难的境地。

　　我军的立足点选在哪里？

　　当时，我军为了避开桂系军阀的进攻，经常活动在地处深山之中的天台山，在反复多次的来往之中，开始试探性地进驻了柴山保。我们进驻柴山保的河南湾、方洼、水口寺、新庙等地之后，逐渐认识到这里是个立足的地方。首先，柴山保位于河南光山县南部，山高岭叠，树多林密，它紧连紫云、乘马等老区，建立有党的组织，有一定的群众基础。它的四周有木城寨、黄石崖、观音寨、黑石寨等环绕，地势险要，物产丰富，利于坚持长期的游击战争。其次，在长期的封建统治压迫下，这里的群众生活极为贫困，有着强烈的革命愿望，迫切地要求起来革命。大革命之前，不足百分之十的地主富农，却占有百分之八九十的土地；而占百分之九十的贫苦农民，只占有百分之一二十的土地。陈、王、杜、吴四家大地主，每人平均占有土地 41 亩，而贫苦农民平均只占一二分田。群众对于国民党的第十二军和第十八军的奸淫抢掠、无恶不作更是恨之入骨，仇之满怀。再次，这里地处鄂豫交界，是两省军阀盘踞的接合部，当地的地主豪绅，在黄麻起义的震动下多数逃亡外地，由于这里山岭重叠，沟壑纵横，国民党的部队难以进驻，只能朝发夕归，不能停留。再说，鄂豫两省军阀的矛盾重重，军事步调很难取得一致，湖北的敌人来进攻，我们可以移到河南边界，河南的敌人来进犯，我们可以转到湖北边界，这个敌人统治薄弱的地区，正是我们同敌人周旋的最佳地带。当然，这里也有不利的条件。比如那些大大小小的红枪会，就在这里有很大势力，并且同革命力量有过严重的对立。但他们的成员多是贫苦农民，由于革命力量的影响，多数人不愿与我们为敌。

地方党组织和第七军的领导同志，在细心地分析研究了这些情况之后，于 1928 年 5 月，在柴山保境内的清水塘召开了一次重要会议，决定在柴山保搞武装割据，作为第七军活动的可靠根据地。

清水塘，实际上就是观音堂，那里有一座破庙，会议就是在那里进行的。当时，湖北和河南两省，以麻栎树岭为分水岭，国民党第十八军有 1 个营的兵力，驻在岭南檀树岗以东的长冲，我第七军驻在岭北柴山保的河南湾、水口寺、方洼、新庙一带。我们第七军的军部就设在水口寺，离开会的破庙不到半里路。

参加这次会议的有吴光浩、曹学楷、戴克敏、徐朋人等同志。在会上，大家认真总结了与敌周旋、游击的经验，认识到如果革命武装不进一步发动群众，建立一个基础坚实的中心区域立定脚跟，仅凭流动式的单纯游击活动，就不可能坚持长期的武装斗争，就会在优势敌人进攻时遭到失败。因此，清水塘会议决定，在恢复老区工作的同时，开辟柴山保地区的工作。这次会议的决定，向着走武装割据的正确道路，迈出了非常重要的一步。

这之后，我们主要做了三件事：第一是积极开展军事斗争，第二是进一步发动群众，第三是坚持做好统一战线工作。

开完清水塘会议的第三天，国民党第十八军驻长冲的 1 个营，还有 1 个便衣短枪队，由"清乡"团长方小亭带领，翻过鄂豫边界的麻栎树岭，一直向我们的驻地河南湾扑来，大有一口将我们吞掉的势头。

我参加了这次保卫河南湾的战斗。

那是一个雾蒙蒙的早晨，河南湾的山山岭岭，都裹在白茫茫的雾气中，我们出去换岗的时候，两人都走到对面了，只听见说话看不见人。有的同志开玩笑说，这回咱们腾云驾雾，都当上神仙了！

"清乡"团长方小亭，是个很狡猾的家伙，在黄麻起义失败之后，他在箭厂河一带杀害了我们不少同志。我听当地的乡亲们说过，有一回在箭厂河边的一块稻田里，一次就杀害了 300 多人，其中有不少共产党员、农会干部和群众骨干。

方小亭领着国民党第十八军的 1 个营和便衣短枪队，刚一翻过浓雾笼罩的麻栎树岭北，当地的群众就跑来向我们报告了。大家一听说方小亭跑到我们门口来了，旧恨新仇一个劲儿地往上涌。

军领导吴光浩、曹学楷等同志，立即进行战前动员。按照军领导制定的作战意图，我们三五人分为一组，在白茫茫的雾气掩护下，迅速地登上驻地四周的山头，埋伏在树林草丛之中，只等敌人来自投罗网。

当敌人走进埋伏圈的时候，我们埋伏在各个山头上的战士，从四面八方猛冲下来。敌人丢盔弃甲，狼狈逃窜。来犯的 300 多个敌人，被我们几十名战士一下子就击溃了，活捉了两个俘虏，还缴获了长短枪数十支。我军以几十人的兵力，打败了敌人 1 个营和 1 个便衣短枪队，显示了工农革命军的声威，给柴山保人民群众以巨大的鼓舞。

给敌人带路的"清乡"团长方小亭，因为始终没搞清我军有多少人，而在他的主子面前犯了"谎报军情"罪，还是看在有老交情的分上，在吊桥挨了他主子的一顿皮鞭。

这之后，我第七军又在天台山、韩家老屋等地，打退了敌人的多次进攻，取得了军事斗争的胜利。在取得军事斗争胜利的同时，我们做了进一步发动群众的工作。

柴山保地区，虽不是黄麻老区，但在黄麻起义的影响下，群众有一定的思想觉悟，特别是受压迫最深的穷苦农民，早已向往着起来闹革命。第七军的一些领导同志，在我们进驻柴山保之前，就在一些地方开展工作，建立了党的组织，初步形成了群众工作的基础。

通过发动群众，单线发展党员，先后在梅花、程七、戴岗、大吴家、胡子石、王湾等村，建立了党的小组和支部，共发展党员 50 多人。在柴山保边缘地区播下了革命火种。

我们进驻柴山保之后，在进一步发动群众的同时，还以模范遵守纪律来影响群众，使群众把我们看成是自己的军队。我们在农民家派一桌饭，付给派饭家一块光洋；借农民的一床被子，付给借被家三个铜板。在宿营的时候，不管是酷暑寒天，还是落霜降雪，从不占用乡亲的房屋，一律住在破庙、祠堂或山洞、树林中。

有一次，我们刚刚分散发动群众回来，住在一个叫王家大湾的村子附近，发现敌人正向我们包围过来，我们立刻转移到野外树林里宿营。可是，几十人吃饭成了大问题，大家分头到山上去找野果子，也没有找回来多少，我们躺在树林里，肚子叽里咕噜直叫。

这时，党代表戴克敏说："今天，我们遇到特殊情况，敌人偷偷地包围了我们，领导上面已决定今晚突围。考虑到这个特殊情况，允许大家到老乡的红薯地里，每人扒两个红薯充饥。"

"违反群众纪律怎么办？我们不吃那两块红薯照样能够突围出去……"不知谁这样答道。

"大家去吧，我自有办法。"党代表戴克敏让大家到地里去扒红薯。

那一夜，我们突出了敌人的包围圈。

后来，我们才听当地群众说，就在我们扒红薯那块地里，老乡在刨红薯的时候，从地里刨出个白布包，打开一看，里面裹着5块光洋，白布上还写着两行字："亲爱的老乡，我们是工农革命军，因为要同敌人作战，吃了你家的红薯，随付光洋五元，请收。"原来是戴克敏同志付了钱。

为了争取和瓦解红枪会，我们曾派一批可靠的同志秘密打入红枪会内部，教育受蒙蔽的大多数会徒，使他们觉悟，退出红枪会。我们还利用同红枪会作战的机会，挑选优秀射手，专打他们的头目，以破除"刀枪不入"的鬼话。此外，我们还借用办红枪会的形式，把经过改造的武装力量组织起来，由我们派出得力的干部进行领导，也起到了争取和瓦解敌人的作用。红枪会大部分变成了革命群众的武装组织。

我们通过积极开展军事斗争，进一步发动群众，争取和瓦解红枪会、敌军三项主要工作，带动了柴山保地区全面工作的顺利进行，使我军在柴山保地区站稳了脚跟，为恢复黄麻老区、开辟新区的工作找到了可靠的依托。

我跟父亲当红军*

吴华夺

　　1928年夏天的一个漆黑夜晚，亲戚来合云突然来到我家里。打那以后，他和父亲经常在一起，背着母亲商量事情。那时我才12岁，许多话听了似懂非懂，但却感到新鲜有味，什么共产主义、革命、暴动、打倒地主和劣绅、夺取红枪会的领导权等等。有一天晚上，我已经睡下了，忽然，母亲和父亲吵起嘴来。母亲不住地唠唠叨叨说："你参加那些红党，不顾家，也不管孩子啦？"父亲说："谁说不管，打土豪分田地就是为了孩子们。"我爬起来问父亲什么是土豪，他没好气地说："快睡你的觉，小孩子打听什么。"

　　不久父亲就参加了红枪会。我看许多人在一起热热闹闹，挺好玩，也就跟着参加了。父亲在会里可是个大忙人，一天到晚东奔西跑，开会叽咕事情，我也不知道他忙的

　　* 本文选自《柴山保革命根据地史》，中共中央党校出版社2018年版，收录时做了适当修改。

什么。

阴历十一月二十八日晚，父亲急匆匆地从外面回来（他已三天三夜没有回家了）。母亲连忙端上饭来，父亲把饭推到一边，戴上帽子，又向外走去。母亲和我都很奇怪，也不敢问出了什么事，坐在家里等着。一直待到快二更天，也没见父亲回来，母亲说："小海，你快去看看，你爸爸到哪儿去了。"我跑出一看，只见很多人扛着梭镖拿着刀，向姓吴的地主家里拥去。华高走在前面，很快就把姓吴的地主的房子包围起来了。有人爬墙进到院子里，打开了大门，外面的人端着梭镖，举着大刀，一拥而进。不一会儿，把姓吴的地主拖了出来，拉上了后山。接着又把底铺子的恶霸华早、华能等4个坏家伙也拉出来杀了。人们都在议论纷纷，说："好，革命了，明天就宣布成立苏维埃。"我到处找父亲，可是哪儿也找不着，于是就大声叫喊。华高跑到我跟前说："你爸爸一会儿就来了，走，我们到祠堂去吧。"祠堂里已挤了好多人。到三更天时，父亲和来合云、朱文焕从大吴家回来了。来合云说："明天成立苏维埃。"我连忙跟着问："什么是苏维埃？我们现在是不是共产党？"来合云说："苏维埃就是我们自己的工农民主政府。好小子，你想当共产党吗？老子是共产党，儿子大概不成问题吧！"说着一把把我抱起来："小家伙不简单，你知道什么是共产党？"我说："共产党是打地主的。"来合云笑了。

第二天成立了乡工农民主政府、土地委员会、妇女委员会、儿童团、少年先锋队等红色组织，红枪会改编为红色补充军第二团。华高当了团长，父亲是党代表。不久第二团就出发到东区去打地主的寨子，我也跟着大队人马去了。

这是我过红军生活的第一课。我年纪小，个子矮，生怕人家不要，处处尽量装着个大人样。父亲在前面走，我穿着一双不跟脚的鞋，跟在后边。一路上，我模仿着父亲那样一大步一大步地走。走着走着就被落下了，只好踢踢踏踏地跑一阵撵上去。父亲听到这踢踏的声音，就习惯地回头看看我，我也装着没事一样看看他。开始还可以，以后越走越吃力，父亲终于开口说："你快给我回去吧，跟着一路不够垫脚板的。"我鼓鼓嘴，就是不回去。他沉下脸，说："你非给我回去不行！"我一看拗不过他，就离开队伍嘟嘟囔囔地往回走。走不多远，趁他不注意，又钻到队伍里。过了一会儿，不知怎么被他发现了，毫不客气地又把我赶出来，而且还在一旁监视着我。我干生气也没办法，蹲在路旁，眼看一村的人都神气活现地走过去，真急死人。忽然有人叫父亲到前面去，我又趁空钻进了队伍。

这时大雪飘飘，风也吹得挺紧，人们都耸着肩、缩着头。约莫快到中午，父亲到后边来检查行军情况，又发现了我。他还是赶我回家。我说冻死在外面也不回去。他看没法，就从身上脱了件单衣给我包头。我嘴里说不冷，其实两只耳朵和脸上像刀子割，怎么也止不住上下牙打架。本家吴华官大哥对父亲说："你到前面去吧，我来招呼他。"父亲瞅了我两眼，就到前面去了。

经过一天一夜的行军，部队到达八里区南村，准备对龙盘寨、李山寨进行包围。部队到李山寨正西六里的李家楼时，天刚拂晓，民团还在睡大觉，打了几枪，他们就吓跑了。团部就留在这里。部队都上山围寨子去了。华官和文谋叔叔忙着杀猪做饭，我帮忙烧水。到柴堆上去拉柴火时，一拉，发现了一根皮带。这是什么皮带呢？顺手拉出来一看，原来是支汉阳造步枪。我真高兴极了。中午，华官、文谋给部队送饭时，将这个事告诉了父亲。父亲即刻派人下山来把枪要去看看，我也跟去了。到了那里，华高团长看了枪，笑着对我父亲说："好，我们团又多一支钢枪了。"父亲要我回团部去，把枪留下，我说什么也不肯。他说我不服从命令，要揍我，我才吓走了。

1929年春天，部队到油榨河以北的小村庄驻下，防止大山寨的地主民团扰乱根据地。这时部队已从敌人手中缴获了9支步枪，上级又发来两支掰把枪，是给团长和党代表的。有一次趁他们不在家，我偷偷地拿着枪玩弄，不知道有顶膛火，一拨弄，"啪"的一声，把老百姓的一头老黄牛打死了。我吓得要死，急急忙忙去找团部司务长。司务长是个老实人，平时最喜欢我们这一帮小鬼，他看我吓得那个样，又好笑又好气地说道："你们这些小鬼呀，光给我找麻烦，你知道，赔老百姓一头牛要14块光洋。"说着就找老乡去了。

过了不大一会儿，父亲回来了，一听此事，可发了大火，顺手甩了我两个耳光，又把我关起来，不给饭吃，非要我回家不行。虽然脸上火辣辣的，但我却不哭。我知道父亲是个刚强人，从来不喜欢看哭鼻子抹泪的人。不过我心里暗自思量：这一下糟透了，如果真派人硬把我送回去怎么办呢？正想着，华高团长来了，他训了我几句，叫我以后千万听话，就把我放了出来。这下我可高兴啦，急忙又去烧水。谁知一锅水没烧开，父亲又来找我了。他气呼呼地说："三番五次地说你年岁太小，跟着尽捣蛋，要你等二年再来，你就是不听。"我只好向他苦苦哀求说："去年都跟上了，今年还不行吗？你枪里上了顶膛火，我以为是空枪才弄响的。今后好好干，听你的话，还不行吗？"刚说到这里，华高带着许多人拥进来，一齐要我唱歌。我估计这可能是替我解围的，看了父亲两眼，就站起来唱：

> 正月是新年，家中断米面，
> 衣衫破了没衣换；
> 哪嗨哟，衣衫破了没衣换。
> 富人穿的好，鱼肉吃不了，
> 珍肴美味白炭火烤；
> 哪嗨哟，珍肴美味白炭火烤。

　　我越唱越带劲，一边唱一边就表演起来。一气唱完了

12 个月，累得我满头大汗，呼呼直喘。大伙哈哈大笑，我看到父亲也扭过脸去偷偷地笑了。最后，他转过身来，又板起面孔对我说："从明天起，每天除了工作外，要学习两个字，再胡捣蛋，非叫你滚回家去不可。"我伸了伸舌头，连声说好。

半个月以后，部队改编。华高他们都到二十八团去了，父亲在军部休息。因为我年龄小，就叫我到少先队去当小兵，也没有枪。三四十个小鬼在一起，除了行军，就学文化，上政治课。什么是阶级，穷人为什么穷，富人为什么富，这些最基本的革命道理，很深地印在我脑子里，更坚定了我要干革命的意志。一个多星期后，父亲和来选刚一道来找我，他告诉我上级要他回后方，到光山县东区去工作，要我同他一道回去。我说："你回你的，我是不回去。"父亲说回去送我上学念书。我说："不，这里人多热闹，我们每天也都在学习，哪里的学校也赶不上红军这个大学校。"他看我很坚决，也就不再劝我，但是要我每个月给他写一封信。我说："爸爸你回去，我会好好干，放心吧。"他老人家走了不一会儿又回来了，拿出刚买的一双布鞋，亲手给我穿上，摸着我的头，又看了看我的脸，说："以后千万要听同志们的话。"我嗯了一声，不知怎的哭起来了。他的眼中也充满了泪水，但是没掉下来。转身向我们上级交代了几句话，就走了。从此以后，我再没有看见过父亲。

1932 年，我在河口战斗中负了伤。到罗山休养的时候，听说父亲随红四方面军主力西征了。1936 年，我随红军长征到宁夏花马池与红四方面军会师后，就到处打听父亲的去向。后来见到了熊起松、吴华江两同志，他们才告诉我，父亲在豫西牺牲了。

我实在抑制不住心中的悲恸，就偷偷地跑到村外，坐在一株大树下哭起来。突然觉得有人站在我旁边，回头一看，是党的总支书记文明地。我揉了揉眼要站起来，他却把我按住，坐在我身旁，用手抚摸着我的头，劝慰我一番，然后告诉我："不要哭了，我们手中有枪，要向国民党反动派讨还血债！"他拉着我的手站起来说："回去吧，同志们都在等着你。"黑暗里，我跟着这位对我关怀体贴备至的领导走回部队。我又感到了慈父般的温暖，这是巨大的党的温暖！父亲倒下了，党把我抚育长大成人了。

几天以后，我又和大家一起背起行装，踏上了征途，沿着我的父亲没走完的道路继续前进！

传令兵的战斗岗位[*]

李德生

我从 1930 年初参军，到 1937 年全面抗日战争爆发前夕，7 年时间，除了 1934 年担任过几个月指导员，一直是红军战士。从转战鄂豫皖，到漫漫长征路，我都战斗、生活在班排里。

刚到部队，班长夏功富告诉我，我们的部队是三团二营四连。1928 年红军进驻我的家乡柴山保时，叫中国工农革命军第七军，是由黄麻起义后建立的工农革命军鄂东军改编的。1928 年 7 月改为中国工农红军第十一军三十一师。1930 年 4 月，红十一军又改称中国工农红军第一军，下辖第一、第二、第三师。我所在团是第一师所属的 5 个团之一。后来，红一军开到湖北麻城福田河与红十五军会合，合编成红四军。到 1931 年 11 月，成立红四方面军，下辖第四、第二

---

　　* 本文选自《李德生回忆录》，解放军出版社 1997 年版，收录时做了适当修改。

十五军。我在第四军十一师三十二团。

刚参军时，我没有枪也没有刀，很着急，空着两只手算什么红军！老兵们对我很好，帮我找干粮袋、被单和衣服，但就是不帮我找枪。有一天，我壮着胆子对一个老兵说想要一支枪。他一听就笑了，说：红军战士哪有要枪的，得到敌人手里去夺。你不要着急，等着打仗，打完仗你就有枪了。他告诉我，这是吴光浩军长立下的规矩。

吴光浩带兵严格，作战勇敢，身先士卒，影响很大。根据地老百姓也都知道他。有句顺口溜说他"穿的是绸，吃的是油，打起仗来不要头"，我当童子团团长时就听说过，前两句夸张了，后一句倒是真的，他成了我们崇拜的英雄。可惜他1929年5月到商南发动武装起义途中，在罗田县境内遭到反动民团围攻，不幸牺牲了。那时他是红十一军军长兼第三十一师师长。吴光浩牺牲后，中央派徐向前来接替他。我当兵时，徐向前已经到了鄂豫皖革命根据地，任红一军副军长兼红一师师长。

正像那个老兵说的一样，没多久部队就打了一仗。我因刚到部队上，又没有枪，连长叫我到连部去，帮助跑跑腿，送送信。这是我的特长。这一仗打胜了，我们连缴获了几支枪，都发给了新入伍的战士。因为我个子小，连长特意选了一支最短的枪发给我，还给了我10发子弹。我很高兴，终于有了一支枪，真正成了红军战士。

我回到班里，班长和老兵们看我背回了一支枪，都替我高兴。还有几个没有枪的战士看我有了枪，都很羡慕。大家争先恐后地拿过去看。看着看着，一个老兵发现了问题，叫了起来：哎呀，这是一支半截枪，没有准星！

确实是一支半截枪！从敌人手里缴来时就是半截子，大概是前边的枪管炸坏，被锯掉了，比正常枪管短几厘米。半截枪我也感到很满意，背上它走在队伍里，比空着手精神多了。

在四连刚刚一年，就调我到营部当通信员，1932年又调到团部交通排，当上了传令兵。

交通排是指挥员的左膀右臂，团领导都很重视交通排的建设。那时部队的编制规定，师里有交通队，打仗时每个师首长带1个排；团里是交通排，基本保证每个团首长有1个班；营里就是通信班了。传令兵的主要任务有三项：一是通信；二是警卫；三是参加战斗。可以说，交通排是指挥员身边的一支特殊部队。

对传令兵的挑选，大多是苦大仇深，年轻力壮，有作战经验，勇敢灵活，还要能准确领会、传达指挥员意图的。因此，传令兵多是老兵，有的还是班长调上来的。还有个别犯错误被撤职的干部，不管是团的还是营的干部，也把他们放在交通排。这里说的"犯错误"，不是政治性的，多是行政方面的，比如打骂士兵、违反群众纪律、在老百姓家吃饭不给钱等等。因为他们是干部，打仗时能帮助指挥员出主意，关键时刻也可以带领交通排执行战斗任务。在交通排，我的年龄是最小的，但我有个特长，走路快，善于记路，辨别方向准，不管是大路、小路还是山路，哪怕是穿树林子，只要是走过一次，都能记住，不会出差错。这可能与我的放牛生涯有关。加上我当过童子团团长，政治上是可靠的。到交通排没多久，排长把我那支半截枪换成了苏式小马枪。这是排里唯一的一支小枪，大家都很喜欢它。我年龄小、个子小，就给了我。我得到这支小马枪，那个高兴劲儿真是难以形容。后来条件好了，交通排人人有手枪、步枪，还有一把大刀，在全团武器是最好的。

当传令兵的责任重大。指挥员的指示、命令要以最快的速度传下去，把下面的战况带回来。作战中传递命令，极少有文字的，大多是口头传达，搞错了，可不得了；作战中传递命令都是紧急的，耽误了时间也不得了，所以一点都不敢马虎。1932年根据地反第四次"围剿"刚开始的时候，我记得有一次，部队从麻城向黄安开进，我奉命到师部报告情况，师长倪志亮让我回去后给三十二团团长林维权传达指示，让他到达指定位置后，立即向师里报告。指示传到了，但林团长没有报告，倪志亮很恼火，立刻把我叫了去。倪志亮打仗勇敢出名，打人、骂人也是出了名的，部属没有一个不怕他的。当时把我吓坏了，他站在师指挥所外面，手里提个马鞭子，腰里别着手枪，见我去了劈头就问："你把指示传给团长没有？"

我赶紧回答说："传到了。"

"你传的是什么指示？"

我把他的话背了一遍。

他看我都讲清楚了，没再往下问，就用马鞭子一指说："你去把林维权给我找来！"听他这一说，我提着的心才放下。

林团长听说倪师长找他，不敢怠慢，赶紧跑过去。倪师长问他，为什么到达指定位置不报告。他吞吞吐吐的，这可把倪志亮惹火了，用马鞭子指着林团长的鼻子骂，林团长笔直笔直地站在那里，一句话不敢说，头上的汗直往下流。

当传令兵真是不容易。那个年代主要靠徒步通信，不与敌人交火还好一点，送信、传递命令时间充裕一些，危险性也小些。打起仗来可就不一样了，传递指挥员的命令，要在枪林弹雨中穿来穿去，没有一点胆量，没有灵活机智的头脑，是很难完成任务的。那时送信，信封上都画着"十"字，表示急与缓，一个"十"字是一般的，两个"十"字就是急的，三个"十"字就更急了。遇上有三个"十"字的信，就是有天大的危险也不能耽搁，有时正在吃饭，接到三个"十"字的特急信，放下饭碗就跑，一点不敢马虎。

传令兵也要直接参加战斗。有时有了攻坚任务，兵力不够了，团首长就命令交通排上，像在豆腐甸子、仁和集、葡萄集、潢川、固始、商城、黄安、麻城等地，我都参加了战斗。几乎是每个战役交通排都要直接参加几次战斗。因为交通排人员整齐，武器好，技术也精，指挥员在关键时刻把它当拳头使用。我第一次参加战斗,紧跟着班长,子弹嗖嗖地从头上飞过,开始还有点害怕,看到大家都猫着腰,边打枪边往前冲,我也就不怕了。我学班长,在枪声紧密时,利用坎坎隐蔽身体;在枪声稀时往前冲。一仗下来,我们班还抓了几个俘虏。在战斗中,有时哪个营的营长牺牲了,或者哪个连的连长牺牲了,就让传令兵顶上去,有的临时代理一下,有的一下子就是正式的了。这说明传令兵的素质是很好的,交通排也是培养干部的地方。

对传令兵审查、管理、训练非常严格。政治上把关更严。传令兵多数是贫雇农或工人,党团员占绝大多数,尽管这样,还要经常进行政治审查。班里每星期都要召开班务会,开展批评和自我批评,接受教育,不断提高政治觉悟。

我在1931年2月参加共青团,1932年转为中国共产党正式党员,那年才16岁。当时入团入党有的一个介绍人就可以,有的则需要两人。因为我出身贫农,还是牧童工会会员,又当过童子团团长,所以介绍人只是夏功富一个人;而有的阶级成分高一点,或者是从国民党军队中投诚过来的,要入党就得两个介绍人。

我的成长进步,班长夏功富对我帮助特别大。他精明能干,作战勇敢,威信很高。那时部队没有固定的驻地,可以说红军战士的生活就是在行军打仗中度过的,打到哪里,住到哪里,朝夕相伴的"领导"就是班长。班长是领导,又是兄长;我年纪小,是战士又是孩子,时时处处都离不开他。班长在我身上花费了不少心血，他用战士的标准管理我，用共产党员的条件要求我，同时又像爱护小弟一样关心我、帮助我。他教我射击、投弹，还教我怎样使用大刀。衣服破了他给我补，草鞋穿烂了他给我编，行军脚上打了泡他给我烧热水洗脚挑泡。那时物质生活是很苦的，一般情况下到新区好一点，在老区时间一长就不行了，农村种菜少，部队吃菜困难，就吃米粉子，加点盐代菜，很难吃，吃时间长了就受不了。在这样的情况下，部队斗志不减，团结稳定，班长的思想工作是非常重要的。人们管班长叫"亲兵之官"。行军休息时，班长不能休息，要了解战士的思想，检查战士的行装和身体情况；部队住下来，班长要先把战士安排好，给战士们准备好洗脚水，把大家的事办完，他自己才能睡。我入伍时没有统一的军装，粮食也没有保障，穿衣、吃饭班长处处照顾我，真可以说是无微不至。后来他当连长时，我们还见过一面，以后再也没见过他。我当班长、排长、连长，总是不忘以他为榜样，至今我还深深地怀念着他。

徐向前来到鄂豫皖[*]

詹才芳

　　1929 年初秋的一个晚上，夜色一刻一刻地深了起来，月亮也渐渐地放起光来了。天空从银红到紫蓝，从紫蓝到淡青地变了好几回颜色。我心中有些焦急，一忽儿站在门口张望，一忽儿回到屋里，坐立不安地等候着。

　　我心里想：不久前敌人对我们发动了一次"会剿"，被我红三十一师粉碎了。下一步我们该如何行动？交通员带信来说，师里要派一位领导干部到八里湾来，找我部署工作，不知是哪一位。听说新上任的徐副师长很能打仗，是个黄埔生。还听说他为人又甚好……如果真是他，就好了。现在，路这样难走，天又暗了下来，可千万不要遇到什么意外啊……

　　我坐在桌旁，边"吧嗒""吧嗒"地吸着烟，边胡乱地

　　* 本文选自《战将的足迹——詹才芳将军的故事》，湖北人民出版社 1992 年版，原标题为《将士之师，将士之帅》，收录时做了适当修改。

想着什么。突然，只听得门外有声响，交通员进门道："来啦！来啦！"

"我是徐向前。"来人自我介绍着。

"太好啦！我正盼望着您呐！我是詹才芳。"我紧紧地握着他手道。我先向徐副师长做了简短的汇报，然后我们一起分析了敌情，谈了新任务；然后，徐向前打开了话匣子，询问了我的工作、打仗、家庭及个人情况等。我从前虽然没见过徐副师长，但早就闻其鼎鼎大名，尤其钦佩他的学识和带兵有方、英勇善战的军事才能。

"徐副师长，听说您带过学生兵，率领过北伐军，指挥过工人赤卫队；既与叛军夏斗寅的正规军作过战，也与国民党反动派军队打过游击战。您可一定要把南方游击战的经验好好介绍给我们啊！"我急切而恭敬地说着。

"是的。"徐向前说，"那里的经验固然要学，但更重要的是自己的实践，因为我们中原地区有本地的特殊情况。必须把外地的经验与此地的具体情况相结合，摸准敌人的状况，做到知己知彼，制定可行的作战方针才行啊！如若仅仅生搬硬套别人的经验，肯定是要失败的。"我头一次听到这样一位军事领导人，道出这样高超的见解，连连地点头表示赞同。

"所以，咱们不能蛮干，一定要建立稳固的根据地。"徐副师长说，"这点，你有体会吧？"

"当然。黄麻起义中，虽然夺取了黄安县城。但是，还是没有守住啊……后来，我们以木兰山为基地，发动群众，现在就发展壮大了。看，咱们现在不都成为正规红军了吗！"我深有感触地说着。我们越说越投机，梓油灯光渐渐因油已耗尽而熄灭了，茅草房的窗上透出了点点亮光，不知不觉谈到了黎明。

我一有机会就向徐副师长请教。在鄂豫边，我们扩大了武装割据地区，取得了战斗的节节胜利。

一次，徐向前对我说："人称你是'飞毛腿'，这个外号起得好。咱们就是要当飞毛腿、铁脚板。既要能打，也要能跑。使出你的'飞毛腿'的本事，以最快的速度前进、追击，把敌人拖乏、拖垮、拖死。如遇到敌强我弱，你就快快转移，不要硬拼。否则，就有被敌人吃掉的危险哟！"说完，徐向前还撩起我的裤脚看了看，风趣地说："难怪你能跑路，真是个飞毛腿呢！一看你这条细脚腕，就知道了。"在场的人们"哈哈"笑了起来。原来，徐向前是黄埔军校第一期学员，他当学生兵的头几天，在练拔正步时，他的教官就检查过他们的脚腕呐！而在这"农民兵"的人群中，谁曾研究过这个？

"有什么可笑的？"我听到众人的笑声，有点毛了，"你们这些人啊，都和我一样是个老粗，少见多怪，不学无术。光知道我走路快，跑路快，就叫我'飞毛腿'，可是，他把我这个'飞毛腿'给分析透彻了。咱们当中谁有这本事？谁能和徐副师长比？他才是个文武双全的能人呐！"听了我这话，人们敬慕地望着徐向前。而徐向前却谦逊地淡淡一笑了之。

我在徐向前手下，从班、排、连、营干部一直升到红一军第三团的政委。记得我在接到当团政委的命令后，曾找到当时任副军长兼第一师师长的徐向前谈了自己的顾虑。

"徐副军长，您知道我是靠打仗打出来的干部，我又没有文化。怎么能当好政委哪？"

"没有文化可以在干中学嘛！至于搞政委工作，就是做人的工作。士兵和干部思想问题解决了，打仗就勇敢，就胜利。再说，当政委也不是不打仗了啊！政委的工作是军事、政治都得管。其实，依我看，政委的任务更繁重呢！"听了徐副军长的话，觉得言之有理。从1930年当上第三团的政委，一干就是整整6年，先后担任团政委、师政委、军政委，直至1936年到红大学习。

在这6年中，我常常向徐总指挥请示工作。尤其是在工作中遇到了问题，总是请求徐总帮助，徐总也乐意到部队亲临指导工作，及时帮助解决难题。

在苏家埠战役开始时，有许多人对围困苏家埠的白军恨之入骨。当敌军没吃没喝，跑到我军阵地讨吃讨喝时，徐总亲自指示部队给他们吃饱喝足，放他们回营。部队许多人，包括一些干部，对此想不通。这时，徐总把我叫到指挥部，首先把我的思想工作搞通，把此次作战的设想、方法告诉我，让我向部队讲明"攻心战"的妙计及其对战胜敌人的意义。结果收到良好的效果，战斗中歼灭敌人3万余。

在战斗中，红四方面军的干部遵照徐总的指示，以徐总为榜样，下到各基层去亲自指挥部队。也就是，方面军的干部下到军，军的干部下到师，师的干部下到团……徐总强调："只有不能打仗的官，没有不能打仗的兵。"遇到了恶仗、硬仗，徐总总是战斗在最前方。战斗一响，他总是在战场上。他置个人生死于不顾，运筹帷幄，果断灵活，指挥有方，善于以弱敌强、以少胜多。

在漫川关突围战斗中，徐总跟十二师行动。徐总提出的口号是："有敌无我，有我无敌，不消灭敌人，决不甘休。"十二师三十四团团长许世友提出的口号是："人在阵地在，人与阵地共存亡。"他们用火力封锁住了敌人后继部队增援的途径。十师、十一师分别抵御南侧和西面夹击之敌。我所在的十师的口号则是："同仇敌忾，视死如归。死守阵地，寸土不让。"大家把总部的决心、把徐总的决心变成师、团的决心，变成了每个战士的决心。在这种形势下，红十二师即以三十四团在前面突击，各自在阻击的岗位上勇猛顽强地杀敌，终于钳住了敌人，在徐总指挥下，我军迅速通过山后通道，向西北转移，使得整个形势化险为夷。

1933年11月中旬，在反击敌人对我"六路围攻"中，徐总在三十一军团以上干部动员会上谈道："你们的军政委詹才芳对我提出了要求，让我在给二七四团动员之前，先给大家讲讲我们红四方面军的战斗作风问题。我考虑了一下，对大家说说。这可概括为五个字：狠、硬、快、猛、活。这个'狠'字是首要的、根本性的东西。我们的干部不怕死，带头冲锋，战士也就跟着冲了。如果干部怕死，我就要毫不客气地把他撤了。这样的干部要他做啥？干部，干部，就是要先干一步嘛！"

徐向前教会了他的下级当好干部，同时也教会了大家打仗。

战士崇敬徐向前[*]

李德生

　　我入伍前，没听说过徐向前的名字。在鄂豫皖转战两年多，几乎每一仗都见到徐向前的身影。他经常和部队一起行军打仗，同甘共苦，对战士们的成长，潜移默化的作用可大了。

　　我第一次见到徐向前，是到部队的第三天，队伍转移，我看到一个干部站在路边上，又有不少领导给他敬礼、报告，就问一个老兵：那是谁？老兵告诉我：是徐向前军长。从此，我就记住了他的名字。

　　徐向前给部队讲话、做报告是常有的事，我们当战士的也能听到他的作战动员。部队驻下来，他就到下边来转，与战士聊天，征求大家对伙食的意见，有时他还亲自检查战士枪支、弹药的保管情况。

---

　　* 本文选自《李德生回忆录》，解放军出版社 1997 年版，收录时做了适当修改。

一次，他到我们班来，看到了我那支没有准星的枪，就问："这是谁的？"

我说："是我的。"

"你打过枪吗？"

"打过。"

"没有准星你怎么瞄准呀？"

我把枪拿过来说，让标尺的缺口对准枪管的正中，形成一个"三点成一线"，高低注意点就行了。当然，没有准星要打得很准也不可能。

我说完，他把枪接过去试了试，点了点头。然后又摸了摸我的子弹带，里边只有几发子弹，其余都是高粱秆子，看起来鼓鼓的，他笑了笑，就走了。

徐向前在部队、在根据地内名声很大，威望很高，战士们都很崇敬他。他的威信是从哪里来的？后来，他在《历史的回顾》中自己总结了两条：一是能带着部队打仗，不断取得胜利；二是脚踏实地，埋头苦干，不指手画脚。这完全符合我们亲身感受过的印象。他的最大特点是没有架子，不搞特殊化，不居功自傲，和群众打成一片。

我入伍后不久，徐向前率领红一师三次出击平汉路，指挥我们打了几个漂亮仗，给我留下了深刻的印象。那是1930年6月至9月，先是袭占杨家寨、设伏阳平口，消灭川军郭汝栋1个团又2个连；继而围攻花园镇，全歼守敌钱大钧部1个团；接着又攻广水打信阳，给敌人以重大打击。

这几仗，仿佛整个战场都是我们安排的，冲能冲得上，攻能拿得下，千军万马厮杀的战场，让徐向前导演得有声有色。尤其是前两仗打得非常出色，接连消灭敌人正规部队两个整团，这是红军组建以来的头一回，极大地鼓舞了部队的士气，也提高了徐向前的声望。我们交通排不光传达作战命令，还传送胜利消息，真是鼓舞人心。

　　那时，我虽是一名战士，但所接触到徐向前的一举一动，都深深地印在脑里，记在心里，从心底里敬佩他。徐向前把"指挥员身先士卒带头冲锋"作为一条硬规矩，并将这一条作为战斗总结时评价指挥员的首要标准。他自己立的规矩，自己身体力行，做出榜样。战斗中，他的指挥位置总是靠前。我们一看军长在前面，战斗士气顿长，个个奋勇向前。有一次，他正在前边指挥战斗，敌人的一发炮弹打在他前面三四米远爆炸开花，把周围的人都吓坏了，让他趴下，他却若无其事，照常在那里指挥。还有一次，由于他指挥位置太靠前，一颗子弹打在他身上，幸好前面有层麦秸挡了一下，他又穿的棉衣，没打进去。他脱下棉衣看了看，弹头在棉衣里，没伤着。

　　徐向前培养部队"狠、硬、快、猛、活"的过硬作风，不只在战场上，而且非常重视平时的养成。战斗间隙，除了宣传、组织群众，配合苏维埃政府建立各级政权和各类群众团体之外，就抓部队的训练，练射击、投弹、刺杀、队列动作，还搞夜间训练，经常搞紧急集合。我入伍后不几天就赶上一次紧急集合，我以为真的要出发去打仗呢，弄得很紧张，跟着班长就往外跑，到了外面一看那架势，不像是去打仗，才平静下来，这时我才发现自己把子弹带丢下了。这使我接受了教训。从那以后，不管是平时训练，还是行军作战，再没有出现过这种事。有一次，我们部队从麻城往黄安开进，当地群众说：麻城到黄安，九十当一百三，会走走天半，不会走走两天。徐向前不信这一套，他率领部队硬是一个夜晚从麻城赶到了黄安，打破了当地的习惯说法，比"会走"还会走。过硬的作风就是这样培养和锻炼出来的。

与战士同甘共苦，是徐向前赢得战士们崇敬的另一个重要原因。那时部队很苦，由于敌人严密封锁，盐运不进来，粮筹集不到，缺盐、缺粮、缺菜，日子就更苦了。我入伍三四年没盖过被子，有时弄到一条被单子，没几天就撕扯烂了，编成辫子编草鞋穿，倒是很耐穿。冬天，晚上冻得浑身发抖，实在冷得受不了了，就到外面跑一阵子，有时几个人凑到一起，烧一堆火烤一烤，这一夜就算过去了。这时徐向前的生活，比我们普通战士强不了多少，在物资奇缺的情况下，他不搞特殊化，也没有专门的伙夫和小灶，和大家一起吃苦，共同战胜困难。

徐向前指挥带领部队，打了不少大仗，取得了不少胜利。他巧妙运用长途奔袭、运动歼敌、夜袭孤军、围点打援等战法，奇取智夺，节节胜利。打得最漂亮的，是粉碎蒋介石亲自指挥的对鄂豫皖革命根据地的第一、第三次重兵"围剿"。1930 年底至 1931 年春，红军集中作战八九次，歼灭蒋介石的"围剿"大军 1.5 万多人，活捉敌三十四师师长岳维峻，取得了第一次反"围剿"的胜利。捉到岳维峻那次，我们得了不少东西。战后听干部讲，岳维峻怕死，对徐向前说："只要不杀我，我答应你们提出的一切条件。"岳维峻的太太也托人传话，要拿出几万元赎他。徐向前等红军领导人商量后提出要 20 万套军装。岳维峻的太太送来 10 万套军装和大批银圆。这给部队解决了不少问题。我们穿衣、吃饭都有了很大改善。粉碎敌人第三次"围剿"，是徐向前任红四方面军总指挥后进行的。1931 年 11 月至 1932 年 6 月，8个月时间里，先后打了黄安、商（城）潢（川）、苏家埠、潢（川）光（山）四大战役，打败敌人 15 个师的"围剿"，共歼敌 6 万多人。

在反"围剿"作战期间，我们传令兵干得非常起劲，传达作战命令，递送胜利消息，也直接参加了不少战斗。有一次打麻城外围的一个据点，叫斗博山，是我们排当突击队。那是 1932 年的七八月间，天气很热，我们冒着酷暑往上冲，很快就把据点里的敌人消灭了。打下据点后，发现河里有敌人的竹排队，正在运送给养，我们又往河里打，消灭了押运给养的敌人，缴获了四五个竹排的白面大米。当时管这叫"洋面""洋米"。我长那么大，头一回吃上那么好的米和面。

徐向前关心群众，爱护下级，也是众所公认的。苏区

"大肃反"时，他保护了不少干部战士。1931 年 9 月开始，张国焘发动了白雀园"大肃反"。这次"大肃反"，冤枉了一大批好人，不到 3 个月时间，肃掉了 2500 多名干部战士，团以上干部十分之六七被逮捕、杀害。"肃反"那阵子我在营部当通信员，尽管是战士，心里也很紧张，不知道什么时候，上级派几个人来，拿着绳子，把部队集合起来，一宣布某某是"AB 团"，某某是"第三党"，某某是"改组派"，还有什么"吃喝委员会"，宣布后不容分说就把人捆走。我们营的排以上干部，只剩下一个排长没被抓，其他都给抓走或撤换了，还抓走了一些战士。真是整天让人提心吊胆。被抓的人不承认，就搞逼供。有一次，我看到把一个干部的两个手指头用麻绳绑起来，整得死去活来。"肃反"的总头头是张国焘，他是中共中央鄂豫皖分局书记兼鄂豫皖革命军事委员会主席，大权独揽。徐向前当时是红四军军长，管作战。政委陈昌浩抓"肃反"，直接听令于张国焘，不同徐向前商量。许继慎、周维炯是四军的两个师长，被陈昌浩当"反革命"抓起来，徐向前都不知道。徐向前的爱人程训宣是苏区的妇女干部，被说成是"改组派"抓起来，直到1937 年到延安后，徐向前才知道爱人被杀的确切消息。"肃反"的事徐向前虽然不能过问，但有时抓人杀人，他碰上了都尽力保护以免遭杀害。他的书记员周希汉，是他从张国焘的刀下拉回来的。陈锡联也是一个。有一次，陈锡联弄到几个铜板，拉着几个战友到街上买油饼吃，被人诬告组织"吃

55

喝委员会"，将他抓了起来。张国焘下令要杀他，被徐向前碰上了，对张国焘说："小鬼们嘴馋，懂得什么叫'委员会'。"这才把他放了。从那以后，陈锡联常说："是徐老总救了我。"

徐总这样的事，红四方面军的干部谁都能讲出几个来。充分表现了一个共产党员的高度党性原则和政治责任感，他也赢得了广大官兵的信赖和崇敬。

豫东南的游击战争[*]

张贤约

1929 年 5 月 6 日，大别山中段的商南地区爆发了农民起义。这是继 1927 年的黄麻起义后，鄂豫皖边区的第二次大规模的武装暴动。

暴动胜利后，各路起义武装按预定计划开到商城县以南的斑竹园集中，召开群众大会，正式宣布成立中国工农红军第十一军第三十二师，全师共 100 余人枪。红三十二师的成立，壮大了鄂豫皖地区红军的力量，为开辟豫东南根据地创造了条件。

红三十二师成立后，根据中共商罗麻特别区委的决定，一面迅速扩大红军，发展赤卫队，建立地方武装；一面发动群众，健全农民协会，成立苏维埃政府，收缴地主枪支，开展打土豪分田地的斗争。我是这时候参加赤卫队的。

---

* 本文原标题为《回忆红三十二师在豫东南的游击活动》，收录时做了适当修改。

57

5月11日，红三十二师从斑竹园桥口出发，先后在李家集、南溪、冈家山、大埠口、胭脂坳等地开展游击战，肃清残余的反动武装，收缴其枪支，发动群众，没收和分配地主财产，积极开辟革命根据地。16日，打退了反动民团的进攻，接着向双河山、皂靴河等地民团进击。19日，乘胜挥戈东进占领金家寨，有力地支援了六安六区区委领导的余家寨、七邻湾地区的武装暴动。21日，又东下流波疃，打败了诸佛庵民团。一连串的胜利，打击了土豪劣绅，扩大了党和红军的影响，所到之处受到广大贫苦群众的热烈欢迎。

商南革命势力的发展，引起了鄂豫皖三省边区敌人的恐慌。六七月间，商南周围的反动武装联合向红三十二师发动进攻。红三十二师在赤卫队的配合下进行了英勇的抗击，广大群众全力支援红军和赤卫队作战，日夜送茶、送饭、送粮、抬伤兵，组织慰问团到前线为战士们洗衣缝补，对部队士气是极大的鼓舞。经过两个多月的英勇战斗，红军打退了敌人多路进攻，保卫了起义基本区域，在豫东南地区初步形成了以南溪、吴家店为中心纵横六七十里的革命根据地。

8月中旬，蒋介石嫡系第一师师长刘峙组织鄂豫两省军队，对豫东南和鄂豫边根据地发动了第二次"会剿"，又称"鄂豫会剿"。这次"会剿"中，进攻豫东南的是敌夏斗寅第十三师，采取四面包围、分进合击的办法，企图消灭我红三十二师。红三十二师在当地赤卫队配合下，先后在麻王冲、吴家店、佛堂坳、南溪、汤家汇、火炮岭等地抗击敌人，后鉴于敌军兵众势强，我军地域逐渐缩小，决定留下赤卫队坚持斗争，红三十二师主动转移到外线作战，避开敌人进攻锋芒，向光山、麻城边界转移，使敌人的围攻计划落了空。

9月上旬，红三十二师与红三十一师在鄂豫边界的八字门楼会合。红三十一师、红三十二师会合后，决定兵分两路开展斗争，互相配合，互相协同，互相支援，向敌光山南部的反动据点发起围攻和反击。商南敌军发觉我主力到光山后，于9月20日将侵入豫东南之第七十八团和补充团西调，企图与鄂东部队配合再次合击红军主力。针对敌军企图，红三十一师转至外线向南出击，红三十二师则乘机北上返回商南，在当地赤卫队和群众配合下，先后消灭了禅堂、吴家店、南溪、丁家埠等地的"编练队"，镇压了一批反革命分子和土豪劣绅，所谓的"鄂豫会剿"就这样被粉碎了。红三十二师随之迅速扩大，豫东南革命根据地很快得到恢复。我也由赤卫队参加了红军部队，在第九十七团当战士。

10月初，驻河南信阳之敌徐源泉第四十八师会同湖北境内敌夏斗寅第十三师，对鄂豫边根据地再次发动"会剿"，也叫"徐夏会剿"。在红三十一师进行反"徐夏会剿"的同时，红三十二师则乘机积极向皖西出击，消灭了多处反动民团，有力地支援了六安、霍山人民武装起义和红三十三师的成立，也配合了红三十一师的反"会剿"斗争。到1929年12月，红三十二师已发展到500余人枪，部队战斗力不断增强。

此时，商南敌军内部出现内讧，以商城县县长宋慎为代表的地方实力派与李克邦部发生了矛盾，宋慎率领本县大部民团与李克邦部混战于北乡地区，县城里只有王继亚带着1000多个民团团丁和红枪会会员把守。红三十二师得知这一有利情况后，决定抓住这一时机，乘虚袭取商城县城。12月24日夜，我们先派少数干部战士装扮成地主、商人和卖粮卖柴的农民，25日早晨趁风雨弥漫接近南门，迅速消灭哨兵，占领城门，主力乘胜突入城内，然后从城里面攻打东、西、北三门，其余部队在外面攻城，里应外合，内外夹击，经过一场激烈战斗，把敌人压缩到县衙内全部歼灭，顺利地解放了商城。

红三十二师在商城活动期间，由皖西的六（安）霍（山）暴动后组织起来的武装，在1930年1月20日组成了中国工农红军第三十三师。后根据中共中央指示，红三十一、红三十二、红三十三师编为中国工农红军第一军。

红三十二师从成立到改编为红一军第二师，前后虽只有一年左右的时间，但走过了艰难曲折的战斗历程，为鄂豫皖革命根据地的创建和发展做出了巨大贡献，成为后来组建红四方面军的基础力量之一，也是红四方面军的主力部队之一。

四姑墩会合[*]

王宏坤

　　黄麻起义后，成立了中国工农革命军鄂东军，这是中国工农红军第四方面军建军的起点。后来，鄂东军即由黄麻地区转移到黄陂以北的木兰山，继续坚持武装斗争，并被编为中国工农革命军第七军。1928 年 7 月，第七军又被改编为中国工农红军第十一军第三十一师。

　　1929 年 5 月，在商城南部爆发了起义，建立了中国工农红军第三十二师，创建了豫东南革命根据地。1929 年 11 月，在安徽六安的独山、霍山等地区爆发农民起义，之后组成中国工农红军第三十三师，建立了皖西革命根据地。随着鄂豫皖地区红军第三十一师、第三十二师、第三十三师的组建和发展，为适应新的作战需要，边界地区各根据地和各支红军建立统一领导，就显得更加迫切了。红军只有建立统一领

---

　　* 本文原标题为《红一军的建立及四姑墩会合前后》，收录时做了适当修改。

导，才能更好地相互配合、协同作战，才有利于壮大自己的队伍，巩固和扩大革命根据地。

1930年2月底，中革军委书记周恩来在上海召集郭述申、许继慎、熊受暄等开会，会上宣布了党中央的决定：派许继慎、郭述申等到鄂豫皖边区工作。郭述申任特委书记，许继慎任红一军军长，徐向前任副军长，曹大骏任政治委员，熊受暄任政治部主任。3月18日，党中央又发出指示，将鄂豫皖边界的红三十一、红三十二和红三十三师编为中国工农红军第一军，归中央军委直接领导。4月，郭述申、许继慎等来到鄂豫边，在黄安北部的箭厂河宣布红一军正式成立，同时将红三十一师改编为第一师，师长由徐向前兼，政治委员戴克敏（后为李荣桂）；红三十二师改编为第二师，师长漆德伟，政治委员王培吾；红三十三师改编为第三师，师长周维炯，副师长肖方，政治委员姜镜堂。

红一军第二师、第三师改编后，在许继慎军长、曹大骏政委率领下，于6月下旬向六安、霍山西部地区的敌人据点发动进攻。那时，我在军部教导队第三排当排长。我第一次见到许继慎是在红一军成立时，后来在一个党小组里生活，与他接触是比较多的。他中等身材，方脸盘，浓眉大眼，穿一身灰布军装，越发显得精明强干。

许继慎指挥我们教导队和第二师、第三师打的第一仗是攻克流波疃的战斗。敌人有一个独立团约700人，占据有利地形严密防守，我们当时没有打巷战的经验，部队攻进去又被打出来，战斗打得很激烈。危急关头，亲临火线的军长指挥果断，重新部署，改变了我们硬拼的打法，先从第二师、第三师进攻方向派少数部队隐蔽爬上房屋冲进去，教导队、手枪队从东向西攻击炮楼，来个前后夹击。同时，组织特等射手封锁敌人的枪眼，压制敌人的火力，掩护部队进攻。

按照新的部署，攻击开始后，许军长在前沿阵地上一面观察，一面指挥，敌人的枪弹朝指挥所里猛烈射击，我正跟着许军长在指挥所里，见状大喊："军长，这里危险，你快下去！"许军长若无其事地说："不行，不行，我要看着你们打下来。"我们部队迅速冲进敌人碉堡，用火烧、烟熏，逼着敌人缴了枪。这一仗从拂晓一直打到下午1点多，全歼守敌。

接着打麻埠。麻埠有国民党安徽省主席陈调元收编的一千七八百人的土匪武装，我第二师主力第四大队由吴云山带领，夜晚从侧后摸上山，我带一个排沿着河沟摸过去牵制敌人，掩护许军长亲自指挥第二师、第三师主力从正面攻击。这一仗打得干脆、痛快，很顺利地解决了敌人。我们乘胜前进，又攻克霍山县城，歼敌地方武装千余人。

这时，六安驻敌潘善斋新编第五旅进行反扑，我们冒着雨打击敌人，第二师、第三师配合紧密，一举毙俘敌副旅长以下近700人，缴获机枪1挺、迫击炮1门，取得了红一军改编后第一次重大胜利。战后，皖西根据地有了较大发展，整个霍山县境几乎全部为革命势力所控制。

7 月，许继慎军长、曹大骏政委率领军部和第二师、第三师南下，在燕子河与英山县委领导的游击队 300 多人会合。当时敌唐生智部韩杰旅 1000 余人盘踞在英山地区，我们走到英山县城西北的金家铺，发现敌人 1 个团守在那里，我军很快将金家铺之敌击溃，在狮子坳全歼英山倾巢来援之敌，英山县城被我攻占，取得了又一次大胜利。

在红一军军部率第二师、第三师于皖西胜利作战的同时，徐向前指挥留在鄂东北的第一师积极向平汉路南段出击，奔袭杨家寨车站，设伏阳平口，奔袭花园镇，三战三捷，威震敌胆。每次战后，都进行一次扩编，经过三次扩编，全师组成 2 个步兵团、1 个机炮混成团，由 800 多人发展到 3000 余人。

7 月底，徐向前副军长写信给许继慎，提出争取 3 个师早日会合的问题。许军长收信后，即指挥第二师、第三师部队，日夜兼程，由皖西西进。8 月 22 日赶到平汉路以东的四姑墩，正遇敌戴民权部 2 个团向我第一师反扑，许继慎军长即命令第二师、第三师立即投入战斗，采取迂回包抄战术，配合第一师一举歼灭敌人 1 个团，余敌连夜逃窜。战斗结束，红一军第一师、第二师和第三师会合于四姑墩。

这次会合，胜利实现了鄂东、豫南和皖西三块革命根据地武装力量的统一领导，使整个红军部队形成了拳头，为开展大规模的运动战创造了有利条件，为发展鄂豫皖革命根据地开创了一个新局面。

10 月中旬，在光山城内召开了全军第一次党员代表大会，会议强调加强党的领导，加强政治工作和统一指挥、统一组织、严格纪律，通过了关于政治任务、组织问题、宣传教育问题、政治工作等决议。会议根据党中央和中央军委长江办事处的指示，整编了部队：第一师编为 2 个团；原第二师、第三师合编为第二师，也编了 2 个团。为打破本位主义和地域观念，第一师和第二师还抽调 5 个建制连队对调混编。不久，为加强皖西地区的武装力量，红一军前委决定：由军属独立旅、黄麻补充营同中央独立第一师合编为第三师。与此同时，为适应建军需要，还成立了一个随营干部学校，专门培训基层干部。这次整编时，我从军教导队被调到第一师一团一营一连当连长。

红一军 3 个师的会合，意义在于其是后来发展成为中国工农红军第四方面军的基础。

平汉路三战三捷三扩编[*]

倪志亮

"平汉游击 50 天，三战三捷三扩编。红军声势震武汉，革命烽火遍地燃。"这是 1930 年鄂豫边红一师战斗生活的纪实。

1930 年 6 月中旬的一天晚上，红一师从二郎店奔袭杨家寨车站，当场全歼驻敌郭汝栋部两个连，缴获步枪 100 余支，俘虏士兵数十名。但为了部队迅速转移，对被俘士兵每人发给两块钱，予以释放。部队返回驻地后，即从后方抽调各县游击队，合编成 3 个支队（每支队 4 个大队），这是红一师的第一次扩编。

扩编后的第三天，敌郭汝栋部的一个团又从武汉开到广水车站，他们认为红军游击队是"乌合之众，不堪一击"，并声言向阳平口一带进攻，要找红军游击队报两个连被歼之

---

* 本文原标题为《红一师平汉路三战三捷》，收录时做了适当修改。

仇。依据此情况，师党委召开了军事会议，决定第二天中午在阳平口以东地区伏击敌人。翌日拂晓，红一师开到了预定伏击地带，时至中午，发现敌分两路经阳平口向东开来，行军警戒松懈。当敌进入伏击地带后，第一支队以猛打猛冲的动作扑向前去，第二、第三支队也从岭上压下来，顿时枪声四起、喊杀连天，打得敌人四下乱窜。郭汝栋部系四川杂牌军，士兵多数吸食鸦片，号称"双枪兵"，哪里经得住这样的突然打击！敌兵一听枪声即丢掉背包枪支纷纷向后逃跑，跑不动的跪在那里缴枪哀告饶命。红军战士真如同虎入羊群横冲直撞，第一支队有个青年战士一个人就缴了 18 支步枪。战斗进行两小时，约有 1000 个敌人全部被歼，俘虏人数比当时红一师的人还多，要全部带走是不行的，除少数坚决愿意参加红军的留下外，其余的每人发给两块钱做路费，释放回家。

阳平口战斗胜利后，部队转移到黄谷畈，一面继续侦察敌情，准备扩大战果，一面进行第二次扩编部队：第一支队编成第一团（缺二营），第三支队编为第三团（缺三营），第二支队分别充实第一、第三团，全师编成了 4 个营（12 个连），不但每个营枪支充足，还有多余的步枪 300 余支。后方各县的赤卫军也积极要求参军，数天内部队就扩充到 1500 余人。

由于在一月内接连打了两个胜仗，指战员的战斗情绪异常高涨。三团一个战士的父亲来到部队，要接儿子回家结婚，团部也批准了。可是，那个战士就是不肯回去，并向他父亲说："你不看看，现在我们在干什么?"父亲说："干革命，这我知道，结了婚回来还不是照样干吗?"战士又说："不行，我们还要打到武汉去过中秋呢!"结果战士还是没回去。

部队游击到黄陂北之长轩岭，得知县城里只驻有夏斗寅部一个营，有的干部便向师部要求打县城，徐向前师长说："不能盲动，攻城那可不是闹着玩的，打仗要像小孩学走路，刚学会走，不能马上就学跑，要一步一步地来。"这时得到应山县委送来的情报，平汉铁路上守备兵力单薄，钱大钧的教导师一个团从武汉开到花园车站，因初到，情况不明，害怕袭击，一夕数惊，白天挖壕，夜晚坐更，赶筑工事，只求保命。师首长研究后决定袭击花园驻敌。

7月28日午后，部队的一切工作准备就绪，从青山口出发向花园前进。在两个月之前，这支部队还只有四五百人，那时说走就走，说驻就驻，行动十分迅速、灵活。现在，像一个猛一下吃胖了的人，走动也不方便了。师有师部，团有团部，营有营部，连有连部，师里还有政治部、经理（供给）部，乘马、驮马、炊事担子，全师集合一下也要一两个小时。特别是没有大部队行军的经验，部队出发后走了10公里左右，后边便传来"掉队了"的消息，前面部队只得停止，坐在路旁等待着后面的部队。大家等得焦急，看看表已到下午1点，估计战斗要想在拂晓前打响是不可能了。当与后面部队取得了联络，部队继续前进到达平头山时，天已快亮了。师首长一面命令部队原地休息，一面找应山县委陈书记了解敌情。陈书记高兴地说："你们可来了，真叫人等得着急！"师长紧接着问："情况有变化吗？"陈书记回答说："没有，只怕时间有点晚了。"但他又说："根据前天的情况，打还是有把握的。"打的方案决定后，部队立刻轻装，趁黎明前的时机，一、三团分路沿铁路两侧利用农作物掩护，奔向花园车站，部队突然从西面分头冲进街里。当时，敌人刚散早操，正在洗漱，发现红军冲进街里，立刻大乱，8 挺重机枪一声没响都成了红军的战利品。我军除个别战士负伤外，无一牺牲，就把敌教导师的一个团 1400 多人全部解决了。

人们听说红军来到了，商店、民宅纷纷开门，他们看到红军纪律严明，不进商店，不入民宅，纷纷赞不绝声。"反对军阀混战""反对苛捐杂税""打倒帝国主义""打倒国民党军阀""工农兵联合起来"等标语、传单，大量出现在街上。红军的政治工作人员，为了把红军的影响扩大到武汉去，把标语、传单贴在一辆机车上，找来一个勇敢的司机，将那个机车开动后中途跳下来，让那个贴满宣传品的机车，像野马般地飞驰驶向武汉。

战斗结束后，8 月 1 日，红一师在小河溪举行了庆祝八一南昌起义三周年和花园战斗胜利大会。同时，红一师又进行第三次扩编，除将原一、三团每团补齐 3 个营的建制，团部增编了特务连外，另编有 1 个步兵营和机炮营，成立了混成团。

　　红一师在平汉路上，50 天里三战三捷的重大胜利，不仅震动了武汉的反动统治，并且大大地鼓舞了后方群众的斗争情绪。红一师以全新的战斗姿态，在鄂豫皖广大地区开始了新的战斗。

"列宁号"飞机[*]

郭述申

  1930 年 2 月 16 日中午，在鄂豫皖革命根据地罗山县地界上担任警戒的赤卫队员，突然发现一架国民党飞机沿竹竿河上游的河道由北向南飞行，晃晃悠悠地降落在宣化店西南10 公里陈家河附近菜籽坳前面的河滩上。那里正好是革命根据地和国民党区域的交界处。

  罗山县第一区第十乡赤卫队大队长陈国清，在派人向上级报告的同时，立即带领赤卫队员冲向飞机降落地点，迅速把飞机包围起来，缴获了这架飞机。坐在驾驶舱里的飞机驾驶员，也成了赤卫队员的俘虏。在询问这个操四川口音的驾驶员时，他说他叫龙文光，这次飞行是执行空中通信任务，因大雾迷失方向，汽油耗尽，被迫降落。

  中共鄂豫边特委和特区革命委员会得到缴获一架敌机并

---

  * 本文原标题为《忆"列宁号"飞机》，收录时做了适当修改。

生俘飞机驾驶员的报告后，指示罗山县委和驻在罗山的红军：要保证飞机驾驶员的安全，保护好飞机，并设法把它运回根据地中心地区隐蔽起来。

第三天，河西姚畈一带姚老约的反动民团分三路奔袭保护飞机的赤卫队，企图抢走这架飞机。罗山县地方武装营营长郑猛子带领 30 多人及时赶到，与赤卫队密切配合，击退了反动民团的进攻，并把他们赶回姚老约。

2 月 19 日，罗山县委组织人员搬运飞机，他们先是拆下了机翼，然后由红军战士、赤卫队员和当地群众抬着飞机翅膀，前拉后抬，小心翼翼一步一步地把机身运到宣化店以东卡房附近隐藏了起来。

1931 年春，曾在莫斯科航空学校学习过的钱钧被分配到鄂豫皖革命根据地工作。这时龙文光经过红军领导的耐心教育工作，决定留下来为红军服务。钱钧来后，又进一步做了他的思想工作。鄂豫皖特委和军委决定把飞机装配起来，成立特区苏维埃政府航空局，任命龙文光为航空局局长，钱钧为政治委员。为了表达对伟大革命导师列宁的敬意，特区苏维埃政府命名这架飞机为"列宁号"。

重新装配飞机，必须把机身和机翼从卡房附近经过郭家河运到离箭厂河 1 公里的任家畈、黄家畈中间平坦的河滩上。搬运中，沿途工农民主政府组织运送，在到达任家畈前，黄安县紫云区第三乡工农民主政府主席吴行干也参加组织运送，他从争相报名参加运送飞机的群众中挑选了一百四五十名身强力壮的人组成了搬运队，逢山开路，遇水架桥。庞大的机身前面有人用纤绳拉，后面有人推，机身两侧有人扶，喊着劳动号子，一步一步地向前挪动。几十里路程，用了半个月的时间，将飞机完好无损地运到了任家畈。

1931 年 4 月，在钱钧、龙文光和红军里几个懂得机械的同志共同努力下，飞机在平坦的河滩上又重新组装起来，涂上了灰色油漆，机身上"列宁"两个红色大字和机翼上两颗红星在阳光照射下闪闪发光，特区工农民主政府又通过各种渠道弄到不少汽油。中国工农红军第一架飞机——"列宁号"，就这样在战火纷飞的鄂豫皖革命根据地诞生了。

当时，国民党军队进攻鄂豫皖革命根据地曾使用飞机滥肆轰炸，给红军和群众造成一些损失。听到红军也有飞机了，根据地的群众无不欢欣鼓舞，从四面八方聚集到任家畈，看一看红军自己的飞机。他们像过节似的敲锣打鼓庆祝了 3 天，为了让老年人也能看到飞机，乡工农民主政府搭了一个看台，请年纪大的人在台上观看，就是眼神不好的也拄着拐棍摸一摸红军的飞机是个啥样子。他们兴高采烈地说："国民党有飞机，这回老子也有飞机了！"他们还说，红军的"飞鸡"也要给国民党下几个"蛋"尝尝。

不久，"列宁号"从任家畈运到新集机场。7 月初红四军政委陈昌浩去英山执行任务，准备搭乘飞机去金家寨，红四军总部也准备派"列宁号"飞固始、潢川一带进行空中侦察。起飞的那天早晨，密集的人群拥挤在新集机场附近，在隆隆的马达声中，"列宁号"带着银翼上鲜明的红星滑出跑道飞上天空。欢送的群众尽情地挥动双手和草帽，祝贺铁鹰首航。

从新集到金家寨航程100多公里，十几分钟就飞到目的地上空，由于新修的金家寨机场雨后遍地泥泞，飞机无法降落，"列宁号"改变航向飞往固始。固始县城里的敌人听到飞机的马达声，以为是他们自己的飞机，都伫立在街头观望，当他们看到红五星徽记和飞机撒下的传单，吓得争相逃命。"列宁号"又继续飞往潢川、光山进行侦察和投撒传单，敌军士兵发现是红军的飞机，都龟缩在掩体里不敢露头，"列宁号"在敌区上空继续飞行一段时间，飞返新集机场，安全降落。

9月8日傍晚，"列宁号"迎着橙色的晚霞，又从新集机场起飞，远征华中地区敌人的心脏武汉，进行侦察和示威。飞机飞抵平汉铁路南段和武汉郊区上空，投撒大量传单后安全返航。红军的飞机空临武汉郊区上空时，震动了敌巢，敌人发布命令，实行灯火管制。反动的《扫荡报》上也刊登过这样的消息："共军飞机近日曾连续骚扰潢川、汉口等地，我方幸无死伤。现有关军方，已遍知各地严加防范。"

1931年11月7日，中国工农红军第四方面军在鄂东北七里坪宣布成立，旋即挥师南下，攻打黄安县城。守敌第六十九师赵冠英部1万多人，依托坚固的防御工事拼命抵抗固守待援。我军围困黄安一个多月，打退了敌人的几次增援，但县城仍是久攻不下。红四方面军总部决定用"列宁号"飞机进行轰炸，配合地面部队攻打黄安县城。

"列宁号"机翼下，安装了两个弹架，拴上迫击炮弹，这架飞机又改装成为轰炸机了。轰炸黄安县城的前一天，徐向前等红四方面军领导同志与飞行员一起到黄安城南高地上观察了敌军阵地，确定了"列宁号"参加作战的方案。

第二天拂晓，方面军司令部发出向黄安守敌发起攻击的命令，敌军仍在顽抗。上午 9 点，从东北方向传来飞机马达声，蔚蓝色的晴空出现一个移动的黑点，渐渐逼近黄安县城。黄安守敌还以为是他们自己的飞机，毫无戒备，当"列宁号"俯冲向敌人阵地，两枚迫击炮弹同时投落下去，硝烟、瓦砾腾空而起时，敌人才发现是红军的飞机进行轰炸了。在我军阵地上，指战员挥舞红旗向英雄的"列宁号"致意，祝贺中国工农红军的第一架飞机第一次对敌人阵地袭击成功。

黄安守敌遭轰炸后军心动摇，加之援军无望，第四天傍晚赵冠英率部弃城南逃。红军乘胜追击，在长轩岭全歼逃敌，活捉了赵冠英。"列宁号"飞机创造了配合红四方面军首战大捷的光荣战绩。

1932 年 5 月，蒋介石调集 40 万兵力，以鄂豫皖革命根据地为中心，疯狂发动了第四次"围剿"。"列宁号"在根据地群众精心爱护下，随红军转移了几个地方，终因战斗频繁，环境日趋恶劣，不得不拆卸开来埋藏在大别山偏僻的山沟里。以后，国民党军队侵占了鄂豫皖根据地大部分地区，千方百计地想找到埋藏起来的红军飞机，但在根据地群众的保护下，飞机的一些重要部件，国民党一直没有找到。

红军第一架飞机，在中国革命历史和中国工农红军战史上写下了光辉的一页。

鄂豫皖红军的反围攻斗争

徐向前

围攻与反围攻，是土地革命战争的主要形式。鄂豫皖革命根据地的红军，从诞生那天起，就和敌人的围攻做斗争。

1927年11月，黄麻起义武装组成的工农革命军鄂东军，成立不到一个月，就遭到国民党军队1个师的围攻，在敌人突然袭击下，经过激烈战斗突出重围之后，几百人只剩了70多人。但是，这支红色武装从挫折中开始懂得必须依靠农村开展游击战争，转战于黄陂的木兰山和黄冈的大崎山等地，粉碎了敌人多次"清剿"、围击。1928年7月，正式改编为中国工农红军第十一军三十一师，于1929年间粉碎了敌人兵力由1个团到数个团的三次"会剿"。同年夏到次年1月，党又在商（城）南和六（安）霍（山）工农起义的基础上，相继组成红三十二师和红三十三师，4月集中改编为红一军，鄂豫皖边区的革命斗争开始了一个新局面。

鄂豫皖苏区第一次大规模的反围攻斗争开始于1930年

77

冬。敌在武汉行营之下专设鄂豫皖三省边区"绥靖"督办公署，调集兵力9个多师，企图第一步造成"圆箍式"的包围，第二步控制我要路、集镇，第三步分区"清剿"。

我军得悉敌之围攻情况，先向南线敌人反击。11月中旬，红一军猛攻姚家集、黄安，两地敌军遭我军沉重打击，仓皇退走；下旬，奔袭黄安东南的谢店，消灭了立足未稳的夏斗寅第十三师1个营；接着转向敌人侧后，打敌弱点；30日夜袭新洲，又全歼郭汝栋第二十军1个混成旅。待敌武汉行营主任何成浚慌忙调兵堵击，我军已突然东去攻克罗田。以上几仗，给了敌人的围攻当头一棒，树立了我军声威，胜利地揭开了反围攻作战的序幕。

12月初，敌全力向鄂豫边中心围攻。此时红一军已转向皖西，中共鄂豫皖特委决定以广泛的群众游击战争对付优势敌人，一面把游击队和群众武装组织起来在敌侧后游击，使敌人不敢冒进和分散"清剿"，一面以蔡申熙率领的由黄梅、广济地区转移来的红十五军突击敌人弱点。后因敌人大举深入我腹心地区，特委乃率红十五军转至外线，准备会合红一军，转移敌之合击目标。我鄂豫边区地方武装则结合广大群众，对深入之敌展开广泛袭扰，敌人陷入我群众性游击战争的海洋里，终于黯然退走。

在东线，12月中旬，红一军由罗田出发，远程奔袭皖西根据地中心金家寨的敌人，先后歼灭范熙绩第四十六师4个营及反动民团1000余人，继出麻埠、独山，直逼六安城下。敌军忙调第四十六师和警备第二旅分三路反扑，分别被我军歼灭或击溃，粉碎了敌人对皖西根据地的围攻。

1931年1月中旬，红一军、红十五军会师，合编为红四军，鉴于敌取守势，便确定以主力突击敌人弱点，调动敌人于运动中消灭，并以一部兵力配合地方武装，扫除敌人孤立据点。红四军主力于1月下旬围攻麻城磨角楼夏斗寅部一个营。敌以4个团的兵力前来解围，经三日激战，被我军击溃。接着，光山南部敌人的重要据点新集，经我军围攻并进行坑道作业，于2月10日炸开城墙，我军乘势冲入，把1000余名反动武装一网打尽，拔除了根据地一个心腹大患。其他地方武装，也相继打下敌人围寨20余处。下旬，我军乘胜奔袭平汉路之李家寨、柳林车站，歼灭敌新编第十二师1个旅又1个营，援兵大部被歼。以上各次战斗打得敌人手忙脚乱，驻花园、小河溪之岳维峻第三十四师向我军反扑，我军趁敌立足未稳，从20多公里外奔袭，一举歼其1个团，占领外围阵地。岳维峻着了慌，亲率部队在飞机掩护下拼命反扑，战斗极为激烈。我军迂回部队抄敌背后配合正面猛攻，敌乃全部溃乱。我军和赤卫队将敌人团团围住，纵横穿插，不到一天就将敌第三十四师全部歼灭，岳维峻也当了俘虏。敌人的第一次围攻，遂告完全破产。

1931年3月中旬，蒋介石限5月份"完全肃清"鄂豫皖红军，围攻兵力增加到11个师，并改用"追堵兼施"的战法。我之反围攻作战，仍然采取避其主力、打其虚弱的方针。

4月下旬，当敌正布置对鄂豫皖边合击之际，我军主力即迅速东进，反击皖西敌之堵击部队第四十六师和警卫旅，经过5日激战，于独山等地全歼敌人1个团另1个营。此时，敌之"追剿"部队，分别自光山、罗山、黄安向新集、七里坪合击，我第十师第二十八团和黄安、光山、罗山三个县的独立团，对敌展开侧击、尾击，并在七里坪以北檀树岗给敌以痛击，于5月2日西绕宣化店退回罗山、潢川。

敌"追剿"部队结束了对鄂豫边的合击，待转向皖西时，我军主力突然乘胜西向，5月9日于浒湾，给敌北线堵击部队第五十三师以沉重打击；28日我军又南下进击黄安、宋埠间敌人供应线上的桃花据点，守敌萧之楚部1个营在我军猛攻下伤亡殆尽，黄安敌1个旅驰援也被我预伏部队大部歼灭。蒋介石梦想5月底"完全肃清"鄂豫皖红军的第二次围攻计划又告失败。

在蒋介石亲自出马指挥对江西中央革命根据地进行第三次围攻时，对鄂豫皖苏区暂取守势，这正是我军转入进攻，积极向外发展的良好时机。但张国焘借口所谓"巩固苏区"，否定了这一正确建议。直到7月间，见周围敌人无进攻迹象，同时由于援助中央苏区反围攻任务所迫和红四军领导同志的一再坚持，他才同意了向外发展的意见，但却从右倾保守转向"左"倾冒险，竟限令红军在一个月内下英山，出潜（山）太（湖），威逼安庆，震动南京。红四军在攻下英山后，一面报告分局，一面举兵南下蕲春、广济、黄梅地区，西克罗田，南占浠水，并在北曹河镇全歼敌新编第八旅，活捉旅长王光宗，进占广济，威逼黄梅、武穴，与江南红军遥相呼应，震动了九江、武汉。正当红四军大力开辟当地工作，寻机再行歼敌之际，张国焘竟借口红四军"违抗分局命令"，强令其北返。

1931年11月7日，红四方面军成立，全军发展到3万余人，并建立了许多独立营、团，赤卫军发展到20多万，群众拥军参战的热情更加高涨，当时在黄安就曾流传着这样的歌谣："小小黄安，人人称赞；锣鼓一响，四十八万；男将打仗，女将送饭。"这一切，为我们粉碎敌人新的围攻，造成了极为有利的形势。

蒋介石亲自到武汉布置对鄂豫皖的第三次围攻，敌人兵力增至15个师。我军主力于11月10日开始进行黄安外围战斗，然后围攻黄安，将守敌赵冠英第六十九师压缩在城内，转入围城打援。12月中下旬，麻城、黄陂两处援兵均被我军击溃，城内守敌待援无望突围时被我军全歼，生俘师长赵冠英以下近万人。

黄安大捷之后，我军挥戈北上，直逼潢川城下。1932年1月19日，在北亚港地区击溃敌第二师、第十二师计5个团。随后南围商城，再行攻打敌人援兵。2月7日，猬集豫南之敌第二师、第十二师、第七十六师和独立第三十三旅共19个团沿横（川）商（城）公路南援。我军就在豆腐店地区布好阵地，迎击援敌，我军冒着漫天大雪，踏着遍地泥泞，采取正面冲击、侧翼包抄的战术，打得敌人丢盔弃甲，纷纷北逃，我军不战而收复商城，接着围攻固始，并占领淮河要地三河尖。

3月，皖西之敌第四十六师企图犯我麻埠、独山等地，我军即由豫南兼程东进迎击，21日晚渡过淠河，将敌军6000余人团团包围于苏家埠、青山店，同时集结主力待机打敌援兵，将敌援军击溃一部，歼灭2个团，残部和青山店突围的敌人又被我军围困于韩摆渡。苏家埠、韩摆渡两地敌军经我军近月围困，粮食断绝，飞机空投无济于事，同时进一步吸引了敌军15个团2万余人大举增援。5月2日，当敌人进入苏家埠东之戚家桥我军预定地区时，我军立即发起猛攻。此时恰值河水暴涨，敌军在我军突然打击下阵脚大乱，人马拥挤，自相践踏，中弹落水者不计其数。经过两日激战，除少数漏网外，援兵全部就歼，敌皖西"剿共"总指挥厉式鼎也被活捉。困守苏家埠、韩摆渡的敌军，至此已山穷水尽，遂被迫接受最后通牒，于5月8日全部投降，取得我鄂豫皖苏区空前大胜利。我军乘胜北克淮河重镇正阳关，继下霍邱，东面前锋抵近合肥，接着主力横扫豫南固、潢、光外围敌军。

此时，鄂豫皖苏区红军和根据地获得了猛烈发展，主力部队组成6个师，达4.5万余人；根据地总面积4万余平方公里，人口达350万，拥有黄安、商城、英山、罗田、霍邱、广济等 6 座县城，建立起 26 个县的革命政权。红军威震江淮，信阳、安庆、合肥等地敌人均惶惶不可终日。

这次反围攻中，"围城打援"战术得到了充分运用和发展。对某一据点采取阵地战的形式进行相当持久的围困，主要是为在运动中给敌人以速决的歼灭性的打击创造条件；而要点的夺取，则是这种运动速决、大量歼敌的必然结果。当时，红军在党的领导和培养下，战斗力日益提高；群众性游击战争的发展，使敌人一些城镇据点陷于孤立；而形势也容许我军可以用较长时间对其进行围困，逼敌就范。此次反围攻，就在这些具体条件下取得巨大胜利的。

鄂豫皖苏区第三次反围攻的空前胜利，使敌人大为震恐。1932 年 6 月间，蒋介石调动主力，向鄂豫皖发动了规模更大的第四次围攻，并坐镇武汉亲自指挥。但是，张国焘这时却为第三次反围攻的胜利冲昏头脑，对形势做出完全错误的估计，要求红军沿平汉路南下，威逼武汉。红军胜利出击平汉线，但却失去了进行反围攻准备的宝贵时间，同时仍坚持"不停顿的进攻"，错误地决定红军主力围攻麻城。

7 月上旬，我军围攻麻城，屯兵坚城之下，既不能迅速攻克，又必须分兵阻击援敌，主力被敌人吸住失去主动，不仅消耗疲惫了自己，而且使敌人得以从容部署围攻。8 月上旬，陈继承、卫立煌两部全力向黄安、七里坪猛扑，张国焘才被迫决定撤麻城之围，但又不知诱敌深入待机反攻，却令疲惫的红军仓促应战。这就使我军处于更加被动的地位。

撤麻城之围后，方面军总指挥部以第十二师先行出发拒敌，11日于黄安西冯寿二与卫立煌纵队遭遇，将其先头第十师击溃。待我军主力赶到，敌已据地固守。我军因强攻不利，星夜转移七里坪打击陈继承纵队，给敌第二师以沉重打击。但是敌人恃众固守，战局形成对峙。我军遂又北转，9月2日于扶山寨迎击进犯新集之敌，敌人仍然采取凭坚固守待援的战术，战局复成对峙局面，而南面敌人又跟踪逼近，于是我军乃转战皖西。10月初经英山、罗田地区西向，歼敌1个骑兵营；继出河口，击溃敌堵击部队胡宗南第一师1个团和第八十八师1个旅。我军已苦战两个月，虽多次击溃敌人，但终因张国焘战略指导上的错误，未能扭转战局。10月10日晚，分局在黄柴畈召开紧急会议，讨论红军的行动方针，确定红军主力暂时拉出外线，待调动和歼灭敌人后重返根据地。12日，红四方面军主力4个师，被迫越过平汉路向西转进。

红四方面军实施战略转移，于当年底进入四川北部，与当地党组织和人民群众又汇成一股革命巨流，创建了川陕革命根据地，大大发展了革命力量。留在鄂豫皖苏区的红军，在党的领导下继续坚持英勇斗争，直到全国解放，大别山上的革命火炬一直在熊熊燃烧。

鄂豫皖苏区的四次大规模反围攻，有着许多经验，也有着严重教训。其中最主要的一条就是：革命和革命战争要获得发展和胜利，必须依靠党的正确的领导。正确的领导会使我们充分发挥有利因素，克服不利因素，从而获得胜利；机会主义的错误，不但不能克服不利因素，而且还会把有利因素变为不利因素，使群众的英勇斗争不能获得应有的结果，使已经获得的胜利遭到破坏。我党我军铁的史实已经证明：唯一正确的就是毛泽东的领导。

鄂豫皖苏区红军第一、第二、第三次反围攻的胜利，就是由于当时的主观指导，自觉或不自觉地符合了毛泽东思想，因而红军和革命根据地的威力得以充分发挥，使胜利的可能性变为现实性。第四次反围攻，虽然情况严重，主要还是由于机会主义的指导，完全违背了毛泽东思想，结果不能不受到历史的惩罚。从这"三胜一负"之中，我们更加深刻地认识到这样一个不可辩驳的真理：走毛泽东的道路就是胜利！

奔袭新洲　攻克金家寨[*]

张贻祥

　　1930 年 10 月，蒋、冯、阎中原大战结束，蒋介石便积极组织对革命根据地进行大规模的"围剿"。对鄂豫皖根据地的"围剿"由武汉行营主任何成浚负责，并专设鄂豫皖三省边区"绥靖"督办公署，李鸣钟为督办，指挥各部计划先包围，再寻找主力红军作战，后分区"清剿"。

　　这时，红一军尚未查明敌人之"围剿"意图。11 月上旬仍由罗山南下，依照长江局指示，准备向长江沿岸发展，打通与红十五军的联系。11 月 11 日，红一军以第二师和第一师一部向黄陂北姚家集之敌进攻，因缺乏准备，激战终日未克；13 日，以第一师进攻黄安县之敌，亦未攻克。两次作战失利，部队很不服气，总想找机会打打敌人的气焰，同时改善装备和解决入冬服装等困难。部队转移到麻城后，同

―――――――――

　　* 本文原标题为《奔袭新洲前后》，收录时做了适当修改。

地方党同志研究了作战行动，决定先解决谢店之敌，然后攻打新洲。随之第一师、第二师直扑谢店，将谢店夏斗寅之补充团1个营一举歼灭。此时得悉新洲城内空虚，只有民团防守，前委决定奔袭新洲。

听说要打新洲，战士们高兴极了，个个摩拳擦掌，积极准备，欲在战斗中杀敌立功。11月30日，军部命令向新洲疾进。当夜天降大雪，但战士们仍是勇气百倍，行军未受丝毫影响，距新洲最后的25公里路，一路跑步就赶到了。当时已是午夜，于当晚10点进驻城内的敌郭汝栋部第二混成旅正在安置宿营，秩序很混乱。军部即部署第一师在城南，第二师在城西、城北两面，对新洲形成马蹄形包围。趁天黑敌人未发现我军到来，部队潜入城内，然后突然发起攻击。经数小时激战，全歼守敌第二混成旅2个团，俘敌数千人，缴获大量枪械弹药和物资。

新洲是个大商埠，有当铺两家，金店两座，商业较盛。红军攻下新洲后，一些有钱人都跑了，我们冲进老财家时，有的被窝还是热的。我们没收了地主老财的浮财，并开仓救济穷人。部队装备也得到了很大的改善，土枪都换成了步枪，子弹得到了补充。当时我在第二师九十七团三营七连当班长，班上每人补充了十排（50发）子弹，我们团大部分战士每人还发了一双洋袜子，有的战士还缴获了手电筒。撤出新洲时每人背了不少布。我们排有个叫张贻千的战士，是个大个子，在与敌人搏斗中表现十分英勇，一个人就消灭了三四个敌人，缴获四五支枪、200多发子弹，撤出时他背的布也最多。

红军攻克新洲，受到人民群众的热烈欢迎，有的人问我们还走不走，有的说红军是穷人的救星，我们欢迎你们留下来，感谢红军为穷人打天下。天亮后，处理俘虏，愿意参加红军的编入红军部队，愿意回家的发给两元钱路费令其回家。当时有的俘虏兵说："怎么也没有想到你们红军来得这么快，像天兵天将，那么远的路，一下子就冲到了。想不到你们装备不好，还能把我们消灭。想不到红军对我们俘虏兵这么好，不但不杀我们，还发路费让我们回家。也想不到你们对老百姓那么好，开仓分粮给他们，你们真行！"

红一军攻克新洲打击了敌人的气焰，缴获了大量装备物资，改善了部队装备，补充了部队给养，增强了我军的战斗力。

金家寨位于安徽省西部大别山腹地，与湖北、河南交界，有"鸡叫狗咬听三省"之说，水陆交通方便，经济比较发达，是当地商业、政治、文化中心。这个易守难攻的城寨，历来就是兵家必争之地。我军奔袭新洲之后，决定再攻下金家寨，拔除这个"钉子"。

1930年12月上旬的一天夜里，部队忽然紧急集合，传达了攻打金家寨的命令。这时我已担任排长，忙带全排行动。集合后大家立时沸腾起来，特别是我们团的干部战士，大部分是金家寨一带的人，更是十分高兴。部队即刻出发，经滕家堡、木子店，翻过松子关，一下山就是安徽境界。红军经过各地，受到乡亲们的热烈欢迎，他们高呼欢迎口号，沿途准备了茶水和食品慰劳红军，妇女们组织的慰问队给战士们洗衣补衣问寒问暖，慰问品有鞋、袜，还有鸡蛋、花生等食品，真是亲热异常。战士们看到久别的乡亲们激动得说不出话来，但有的同志路过家门口连门都未进，只和亲人见了一面就随部队走了。离金家寨越近，战士们求战情绪越旺盛，恨不得立刻投入战斗，把敌人砸个稀烂。

12月13日夜，部队从丁埠出发，一路急行军，经过五桂潭、曹家畈等村庄，悄悄渡过肖河，到达金家寨外围。根据军部的作战计划，第一师、第三师部署在流波疃、麻埠、六安等地区阻截援军，第二师担任主攻。金家寨外面的高公庙上码头是个制高点，占领高公庙上码头可以居高临下控制大半个金家寨，对于夺取战斗的胜利具有决定性意义。

12月14日拂晓，冲锋号吹响了，随着冲啊、杀呀的喊声，战士们像猛虎下山似的向敌人猛扑过去。我们团第三营冲到上码头与敌人展开了激烈搏斗，大约经过一小时激战，敌人大部分被消灭，残敌留下200余具尸体向下码头逃跑。我们缴获了不少武器弹药，改善了自己的装备。我们占领了上码头，敌人才知道是红军主力来了。我们继续向下码头进攻，攻到金家寨街中心三省会馆时，敌人才明白大势已去，顽抗也是徒劳了，有的就喊"红军老总，我们投降，请你们饶命！"有些顽固的还乡团和老财企图跑过河，被淹死在河里，少数跑过河的，到了苏家石山上遇到我军，大部分被消灭。

战斗结束后，在金家寨街里和周围山上到处都是敌人的尸体，个别土豪和还乡团躲在山里被赤卫队搜查出来，被老百姓打死了，还抓到了两个罪大恶极的土豪，当时就召开公审大会枪毙了。

为了庆祝红军的胜利，在当地苏维埃政府的组织下，成千上万的群众从几十里路以外赶来金家寨。老百姓虽然很穷，但是为了庆祝胜利和表达感谢之情，还是把家里仅有的一点好吃的东西，如年糕、花生、红枣、鸡蛋、栗子等拿来慰劳红军，同时送来了大量布鞋、草鞋、袜子等。妇女们组成若干小组，到各个连队给战士们缝洗衣服和鞋袜，对待红军像亲人一样。

攻克金家寨，拔除了统一鄂豫皖苏区的一个大钉子，鼓舞了对敌斗争的士气，增强了战胜敌人的信心和决心，红一军本身也得到了较大的发展和壮大。

东西香火岭战斗[*]

徐深吉

  1930 年 10 月，蒋、冯、阎军阀混战结束，蒋介石便乘机组织对革命根据地进行大规模"围剿"，对鄂豫皖革命根据地的"围剿"准备于 11 月中旬开始。

  遵照中共中央长江局的指示，红一军军部于 11 月上旬率领第一师、第二师共 4 个团由罗山南下，准备向长江沿岸发展和打通与活动在蕲水、黄梅、广济地区的红十五军的联系，到 11 月底，连续在姚家集、黄安、谢店、新洲打了 4 仗。当时我军虽然尚未查明敌人的"围剿"意图，但这一系列作战，特别是新洲一战，给正在组织"围剿"的敌人以迎头痛击，打乱了敌人的部署，使敌人的"围剿"推迟到 12 月上旬才得以展开，为根据地军民赢得了进行反"围剿"的准备时间。

---

  * 本文原标题为《忆东西香火岭战斗》，收录时做了适当修改。

12月1日，红一军东移但店休整，此时，红一军前敌委员会鉴于皖西根据地正遭敌侵袭，因而改变了向长江沿岸发展的计划，决定由但店北上，打击皖西之敌。到12月中旬，先后消灭敌军4个多营和反动民团1000余人，占领金家寨、麻埠、独山、苏家埠、叶家集等地，并乘胜包围六安，进逼霍山，将皖西根据地大部收复。

我军的节节胜利，使敌安徽省主席陈调元万分惊慌，忙令第四十六师与警备第二旅全力防守六安、霍山，并进占韩摆渡、苏家埠，寻机向我军反扑。敌鄂豫皖三省边区"绥靖"督办李鸣钟亦令第三十师1个旅由商城进占金家寨，第二十五师1个旅由固始进占叶家集，企图对我进行新的合围。我军鉴于上述敌情变化，遂将主力集中于麻埠地区，准备乘敌进行合围时相机于运动中歼其一路，粉碎敌人的合围。

12月29日，敌第四十六师及警备第二旅分三路向麻埠进犯，而敌第三十师和第二十五师各1个旅因慑于红军声威，在原驻地未敢贸然前出。根据上述敌情，军首长决定集中兵力打击孤军冒进的敌第四十六师，乘其三路尚未靠拢、兵力分散之际，在运动中予以各个击破。拟集中红一军第一师第一团、第三团和第二师第四团，由副军长徐向前率领出击东香火岭，先歼敌中路，得手后再打击右、左路敌军；第二师第六团自叶家集地区南移石婆店，钳制右路敌军；麻埠地区游击队和赤卫军一部钳制敌左路，军长许继慎率军部和直属交通队、手枪队、特务连等部队，驻守麻埠。

30 日清晨，我们交通队几个同志跟随徐副军长率领的第一团、三团、四团由麻埠出发，直奔东香火岭，迎击敌中路第一三八旅 2 个团。9 点左右，预期在东香火岭与敌遭遇，我军行动迅速，以第四团一部正面迎击，第一团、三团分别占领南北两侧高地，对敌行军纵队展开猛攻。敌遭我三面突然打击顿时混乱。我军愈战愈勇，以排山倒海之势，将敌前卫第二七五团压缩到岭东的山沟里；敌后卫第二七六团仓皇掉头回窜，但退路被赤卫军和参战群众切断，只好退守到同兴寺附近高地，遭我军第四团和当地群众包围。我第一团、三团将敌第二七五团歼灭后，正转入对敌第二七六团展开攻击时，敌右路第二七一团因我第六团尚未赶至石婆店，乘隙进至西香火岭。徐副军长当机立断，以第一团、三团围歼敌第二七六团，亲率第四团扑向西香火岭，迎击右路之敌。第四团乘敌立足未稳，迅速以一部兵力向敌正面发起攻击，另以主力向敌左侧后迂回，一举攻占北侧的 192 高地，歼敌 1 个营，俘敌团长柏心山，残敌狼狈回窜，我第四团乘胜追击。在我军主力与敌中路、右路作战时，左路敌军进至麻埠外围占领郑庄以西高地，其一部冲入麻埠街内，当即被许军长指挥军直属部队击退，敌据守在郑庄以西高地与我对峙。

下午 2 点左右，徐副军长得悉左路敌军已进至麻埠外围，这时我第一团、三团已攻占同兴寺周围高地，歼敌第二七六团一部，余敌被压缩于同兴寺内，徐副军长当即命令第三团继续围歼该敌，又亲率第一团回师麻埠。到下午5点，敌中路第二七六团余部被我第三团全歼于同兴寺，敌右路第二七一团2个营在我第四团追击和沿途赤卫军的袭击下，再加上已赶至石婆店地区的第六团与第四团对其夹击，亦全部被歼。左路敌军在遭我第一团和军直属部队夹击受创后，乘夜逃回霍山。至此，战斗胜利结束，敌第四十六师企图进占麻埠，围歼红军主力的计划以自身遭到毁灭性打击而彻底破产。

东西香火岭战斗虽然是敌众我寡、敌优我劣，但我军抓住战机，趁敌分散，集中兵力各个击破，粉碎了敌人的合围。战斗中，我军集中兵力，每战均以2:1的兵力优势，将敌各个歼灭，取得了一天之内连续打三仗的胜利。

东西香火岭战斗的胜利，是在鄂豫皖边特委对反"围剿"的坚强领导下，是在广大群众的大力支援和全体指战员在军首长的正确指挥下所取得的。这次战斗中，从敌我形势看，兵力是敌众我寡，装备是敌优我劣，并且敌是外线进攻占主动，我是内线防御作战，处于被动的局面。但是我军在中路集中了兵力，在劣势中争取了优势，我们采取的战术是在次要战场上用一个打几个，在主要战场上是用几个打一个，这样我们就从被动中争取了主动。同时，我军避强击弱，避实击虚，针对敌三路进攻，而其左路三个团最强，右路一个团最弱，我则采取了主力打中路，歼敌后再打右路，最后主力一部增援打敌左路，取得各个击破的效果，一举取得了粉碎敌"三路围攻"的胜利。

鄂豫皖苏区第二次反"围剿"[*]

张贤约

鄂豫皖苏区第一次"围剿"被粉碎后，蒋介石不甘心失败，于1931年3月中旬，即开始部署对鄂豫皖苏区发动新的"围剿"。国民党军吸取了上次"围剿"中部队行动不一致、被红军各个击破的教训，在战术上改取"追堵兼施"。

4月上旬，敌军外线堵击部队首先在根据地边沿地区展开进攻。皖西之敌岳盛暄第四十六师2个旅、警备第七旅、保安团等部共7个团的兵力，乘红军主力在豫南与民团作战之机，越过淠河，向皖西革命根据地进犯，13日占领独山，14日占领诸佛庵，15日占领麻埠，伺机进攻金家寨。对于敌人的"围剿"，我们事先未得到上级指示，情况不明，当时只让留守皖西。因此我红十二师在进行了节节阻击后，鉴于敌军来势凶猛、兵力强大，乃退守金家寨以东地区。面对

---

[*] 本文原标题为《回忆鄂豫皖苏区第二次反"围剿"斗争》，收录时做了适当修改。

敌人的"围剿"，中共皖西临时分特委连续向鄂豫皖特委告急，要求主力红军支援。

在向皖西发起"围剿"的同时，合击新集、七里坪的敌人也向鄂豫边发起了"清剿"。针对紧急敌情，红四军领导研究决定，由参谋长徐向前率警卫师和第十师二十八团留在鄂豫边，继续攻打大山寨和大银尖等反动民团据点，吸引和牵制"围剿"鄂豫边的敌人；张国焘和陈昌浩、旷继勋率领红四军主力东进皖西，打击已侵入皖西根据地之敌。20日，红四军第十、十一师由商南东进，于23日在金家寨地区与我们十二师会合。根据当时敌人兵力部署特点，军领导决定避开麻埠之敌，仅以一部牵制之，集中主力迂回其侧后，攻打独山镇。

25日凌晨，进攻独山镇战斗打响了。第十师三十团和第十一师三十三团分别向黄伯垸、婆婆冲以南高地之敌和独山镇西马家大尖、南头山高地之敌发起突然攻击。驻守黄伯垸及婆婆冲以南高地的保安团1个营又1个连之敌，尚未弄清战斗情况，就被红军击溃，除少数逃跑外，其余全部被歼；负责进攻马家大尖的红军三十三团在歼敌1个前哨排后，迅速向南头山高地冲击，遭敌警备旅第一团1个营的顽强抵抗。这时，独山之敌1个营向南头山增援，镇内只留下保安团1个营，防守空虚。旷继勋军长抓住战机，命令做预备队的第二十九团乘独山镇守敌向外增援之际，突然自三里岗南下，直扑独山镇。同时，第三十三团在外围加强进攻，不给敌以喘息机会。经 4 个小时激战，全歼独山镇地区守敌1 个多团，给了乘隙进犯的敌东线部队以迎头痛击。

正当独山激战之际，麻埠、诸佛庵之敌开始派兵出援，企图挽救独山之敌遭惨败的命运。但其援兵出城不久，就被我们红十二师和地方武装阻住。我们利用工事和东西香火岭的有利地形，予敌以沉重打击，敌人进攻的势头逐渐小了；我们不时组织阵前出击，使敌欲进不能、欲撤不得，眼看着独山之敌就被歼灭了。25 日下午独山失守后，敌惧怕被歼，仓皇向霍山方向败退。我军迅速从东、西两个方向占领麻埠。

当红四军主力在皖西与东线进攻之敌作战时，敌"追剿"部队第三十师、三十一师分别从光山、罗山出发，第三十三师从黄安出发，企图趁机南北对进，合击我苏区中心的新集、七里坪。留在鄂豫边之警卫师及第十师二十八团当即撤下大山寨和大银尖之围，转入反"围剿"斗争。在徐向前的指挥下，红军和地方武装紧紧依靠广大群众，针对敌强我弱的特点，对进犯之敌不断进行侧击、尾击和袭扰，以灵活的游击战同敌人斗争，并在檀树岗痛击敌人。来犯之敌或畏惧不前，或不敢孤军深入，敌军第一步"肃清"鄂豫边红军的计划被打破。

当敌军得知红军主力已到皖西，乃调整部署，准备在皖西金家寨、麻埠地区与我军主力决战，实施其第二步计划。红四军领导人果断决定，主力第十师、十一师迅速西进，趁敌阻击线尚未形成，转向鄂豫边作战；仍留第十二师驻皖西，以吸引、牵制当面之敌，巩固根据地。5 月 9 日，红四军到达新集以北之浒湾。此时敌第五十三师 4 个团正从泼陂河南进，企图进兵新集，红四军迅速在浒湾占领阵地，先以顽强阻击杀伤敌人，然后转入反击，经一昼夜激战，打破了敌人建立阻击防线的企图。

同时，鄂东苏区地方武装亦乘机向光山以南之反动地主武装进攻，先后打下许多地主的围寨，拔除了一些揳入根据地的钉子。皖西之敌在红十二师和地方武装及赤卫队的打击下，不得不收缩战线，固守休整。这样，敌合击红军主力于皖西的第二步"围剿"计划流产了。

但是，南线之敌自"围剿"以来未受大的打击，气焰十分嚣张，是苏区的一大潜在威胁。5 月下旬，为进一步打破"围剿"，保卫苏区群众进行麦收，红四军主力转向南线黄安地区作战。28 日，围攻黄安、宋埠间的供应线上的桃花店据点，歼敌第四十四师 1 个营大部。黄安守敌第二六三团 2 个营和第二六四团 1 个营，出城北上增援，我红四军在十里铺设下埋伏，予敌以痛击，歼敌大部。经历两次打击之后，南线之敌不敢轻举出犯，苏区群众平安地进行了麦收。

至此，鄂豫皖苏区的第二次反"围剿"斗争宣告胜利结束。

黄安战役[*]

秦基伟

　　1927年11月13日，黄安、麻城两县人民在中国共产党的领导下，举行了著名的黄麻起义，在起义队伍农民自卫军的基础上组建了红军，逐步开辟了鄂豫皖革命根据地。随着鄂豫皖红军的壮大和根据地的发展，1931年11月7日，成立中国工农红军第四方面军，徐向前任总指挥，陈昌浩任政治委员，刘士奇任政治部主任。红四方面军的成立，是鄂豫皖根据地红军进一步发展壮大的标志，是党领导鄂豫皖根据地人民和广大红军指战员四年英勇斗争的胜利成果。

　　在红四方面军成立之际，国民党企图对鄂豫皖根据地发动第三次"围剿"。为了粉碎敌人的进攻，巩固和扩大革命根据地，我军决定趁敌人尚未部署就绪，主动出击，打乱敌

---

　　* 本文原标题为《回忆黄安战役》，收录时做了适当修改。

人的"围剿"计划。黄安战役，就是基于这一战略目的而发起的一次重大进攻战役。我军决定采取"围城打援"方针，吸引宋埠、岐亭和麻城等地的敌人来援，争取在运动中加以消灭。

11月10日夜，黄安战役打响。我军按照既定部署，首先插向黄安城的外围地带，夺取要点，控制重镇，一面形成对守城之敌的战役包围，一面构筑阵地阻击敌援兵。我第十一师和黄安独立团在麻城赤卫军的配合下，向桃花店、高桥河守敌发起进攻，并随时准备打击可能来自宋埠、岐亭和麻城等地的敌人援兵。我第十二师和第十师三十团在黄安赤卫军的配合下，进攻下徐家、东王家等外围独立据点，并在城东北之王家湾、马家岗和城西之吴家大湾、凉亭岗等地部署兵力，准备歼灭黄安增援下徐家、东王家的敌人。经过10天的战斗，到20日止，我军将黄安城外围的8个据点全部肃清，把县城紧紧围困起来，完全切断了守敌与外界的联系。

第一步作战计划实现后，我军遂加紧围困城内守敌，同时准备打击敌人更大规模的增援。黄安守敌为恢复与宋埠、岐亭的联系，改变被包围的处境，于22日以第二〇六旅向南反扑，企图重占桃花店，但进至郭受九一线时，即被我第十二师击溃。次日，敌第二〇六旅和第二〇七旅各1个团再次向南出击，先头部队一度进至嶂山，遭到我第十二师部队的迎头痛击，狼狈败回。黄安守敌遭此打击后龟缩城内，固守待援。我第十二师乘胜向敌压迫，于 27 日占领黄安城东关和西关。

黄安城内守敌突围失败后，驻宋埠之敌第三十师 2 个旅于 12 月 7 日经永佳河出援，我第十一师三十三团予其以阻击后，即由大、小锋山撤至桃花店北面的五云山、周家坳一带之第二阵地。敌占桃花店后于 8 日拂晓进攻周家坳，我军予敌以重大杀伤后，又撤至嶂山第三阵地。9 日，敌一个旅进至嶂山脚下十里铺，我第十一师乃以 2 个团分别向敌两翼猛烈反击，全歼其 1 个团，余敌逃回宋埠。敌多次增援失败后仍不甘心，紧接着又开始了更大规模的增援。20 日拂晓，敌纠集其第三十师大部和第三十一师一部向我军疯狂扑来，并组织"敢死队"向我第十一师三十一团之嶂山阵地进行夜袭。由于我第五连前卫排警戒疏忽，阵地被敌人突破，敌人爬上嶂山顶峰，直逼我第十一师指挥所。天亮以后，敌人又集中兵力，在强大炮火掩护下拼命向我攻击。到下午 3 点多，敌人已进至离黄安城仅 5 公里的地方，逼近我打援部队固守的最后一个山头，情况十分紧急。我第十一师在王树声师长亲自指挥下，立即以师直手枪队、通信队协同第三十一团，与敌人展开肉搏战。这时，被围困在城内的赵冠英部也蠢蠢欲动，又开始拼命突围。到下午 4 点多，我们总指挥部驻地，已经清楚地听到两面敌人的枪声，而且愈来愈近、愈来愈密集。如果让城内外的敌人会合到一起，整个战役就将濒于失败。

危急关头，徐向前总指挥亲自带领总部手枪营赶到嶂山。我们第二连经常跟随徐总活动，大家都知道徐总有一条规矩：他的指挥位置总是在影响战役或战斗全局最关紧要的地方。在战斗中，哪里任务最艰巨，哪里情况最危险，哪里枪声最激烈，徐总就出现在哪里。这时，第十一师部队正在同敌人进行着激烈的战斗，我们跑到靠山顶的地方，看到总指挥带的参谋和警卫人员都隐蔽在山坡上，唯有总指挥一个人站在山顶上的几棵松树下，举着望远镜向前瞭望，敌人的子弹在他身边"嗖嗖"地叫，有的打在树枝上，有的打到他脚边，掀起一股股尘土。就在这时，一颗子弹从徐总身边擦过，只见他身体晃了一下，右臂流出了鲜血，但他毫不介意，仍然注视着前方。而后，徐总发出有力的命令："同志们，坚决把敌人打下山去！"我们手枪营立即从正面、第十师二十八团从右侧、第十一师从左侧冲向敌阵，顿时军号声、冲杀声、枪声、炮声震撼山谷，威慑敌胆，我们一口气追击七八公里，收复了第一道防御阵地桃花店。

在打援战斗中，王树声师长指挥第十一师和第十师三十团，鏖战三昼夜，击溃援敌4个旅共8个团的反复冲击，多次与援敌白刃格斗，胜利完成了打援阻击任务。与此同时，担负围城任务的第十二师和黄安独立团等部队在陈赓师长指挥下，步步紧逼黄安城，一面缩小包围圈，一面修筑工事，切断敌人与外界的联系，多次打退了敌人的突围。

黄安守敌，经过我军42天的打击和围困，弹尽粮绝，突围无力，加之援军连连溃败，军心更加动摇。方面军总部认为，攻城条件已经成熟，遂决定向敌人发起总攻，全歼黄安守敌。尤其令人振奋的是，总部还安排了红军第一架飞机"列宁号"直接参战。12月22日上午10点，"列宁号"飞临黄安城上空，在黄安城上空盘旋一圈，投下一排排迫击炮弹，顿时黄安城烟雾弥漫。敌人还以为他们的飞机找错了目标，忙着打信号、做标志，直到"列宁号"飞机第二圈转回来，撒下雪片似的传单，敌人才如梦初醒，急忙躲藏。

当夜，总攻开始，很快突破敌人城防。战士们听说赵冠英逃跑了，紧紧朝前追击，沿途的赤卫队员和人民群众也自动拿起长矛、砍刀、铁铲、木棒，跟红军一起追击，边追边高喊着"活捉赵冠英""绝不能让赵瞎子跑掉"，终于在通往河口镇的路上将赵冠英活捉。

黄安战役历时43天，歼敌1.5万余人。黄安战役的胜利，说明"围城打援"战术的正确，使黄安、麻城、黄陂、孝感、光山、罗山等县红色区域连成一片，根据地中心区域更加巩固并向南得到很大扩展，为全面打破敌人对鄂豫皖苏区的第三次"围剿"奠定了基础。

黄安战役的胜利说明，战役中所采取的"围城打援"战术是正确的。黄安守敌虽较孤立、突出，但兵力集中，有坚固防御工事，并可得到岐亭、麻城、宋埠等地敌人的支援。在这样的情况下，实行强攻硬打不易奏效，即便成功也要付出重大代价。因此，方面军便在当时形势允许的条件下，采取了长期围困，逐步削弱敌人，创造条件，继之紧缩包围，打击援兵，最后条件成熟，实行总攻的战略方针。鄂豫皖红军第一次运用"围城打援"的战术，取得了辉煌战绩，在红军战争史上写下了光辉的篇章。

商潢之战[*]

陈再道

  1932 年 1 月中旬，刚刚取得黄安战役胜利的红四方面军主力经过短暂休整，又从黄安挥师北进。当时，我在第十一师三十二团三营当营长。我们此次北进的目的，就是要寻找战机，歼灭入侵我鄂豫皖根据地的国民党军。

  北进途中，我们看到徐向前总指挥率领方面军总指挥部机关以及第十师、十二师和我们一起行动。根据以往的经验，我们立刻感觉到：又要打大仗了！

  部队开到豫东南商城、潢川一带之后，隐蔽驻扎下来。这时我们才知道，敌人在豫东南地区集结了 4 个师又 1 个旅：曾万钟第十二师分别位于潢川以及北亚港；蒋介石嫡系汤恩伯第二师及唐云山独立第三十三旅，布于北亚港东南的傅流店、豆腐店、江家集一线；陈耀汉第五十八师主力位于

---

  * 本文原标题为《忆商潢之战》，收录时做了适当修改。

商城，一部置于城北的河凤桥；戴民权第四十五师位于固始一带，与上述各路互为犄角。这些部队，由国民党第二十路总指挥张钫统一指挥。

1月18日，团召开作战会议，团长廖荣坤介绍了敌我双方情况，指出：敌人企图控制大别山北麓商（城）潢（川）固（始）地区，我军决定实施商潢战役。商城系敌重兵设防之地，我们准备先打位于商潢之间的敌第二师。我们团要在上级编成内，从敌第二师与第十二师的接合部"开刀"，切断两敌联系，然后协同兄弟部队，歼击第二师。

1月19日，我第十一师开始围攻北亚港之敌。攻击开始，在轻重机枪密集火力掩护下，我军奋勇冲杀，守敌顽抗死守。经过一段僵持之后，我军为避免更大伤亡，采取强攻与侧击相结合的战法，进占了北亚港北面的十里头，形成了对北亚港之敌的包围。守敌损失惨重，加之被围后军心动摇，已呈不支之状。这时，敌第二师见情况不妙，害怕失去与潢川之敌的联系，于21日派1个团从傅流店出发增援。经竟日激战，该敌在损兵折将400余人之后，窜入北亚港，实际等于钻进我军的包围圈，依然动弹不得无所作为。

第二天，敌第十二师、二师共3个团，分别由潢川县城、傅流店出发，南北对进，再次企图解北亚港之围。但遭我军猛击，分别溃退。而北亚港守敌，乘我军与其两路援军激战时，拼死突围，逃往潢川。我军相机占领北亚港，切断了潢川敌第十二师与商潢公路上的第二师间的联系。与此同时，我军由北向南朝第二师猛攻，敌遂沿商潢公路向南收缩至豆腐店、江家集、双椿铺一线，企图与商城之第五十八师靠拢。但我第七十三师于23日进至上石桥，从东压来，第十二师和十师一部从西向河凤桥、江家集、豆腐店进逼。敌第二师及独三十三旅见势不妙仓皇逃回潢川，河凤桥之敌也于26日逃入商城。至此，我军完全控制了商潢公路，同时切断了商城与固始之间的联系。敌第五十八师孤悬商城，企图依据坚固工事，集中兵力死守。我方面军总指挥部审时度势，决心围城打援，以第七十三师及十师1个团和地方赤卫军围城，以主力10个团埋伏于商潢公路两侧，准备等待潢川之敌出援时予以歼灭。

尽管商城守敌一再告急，潢川敌军却总不敢出援，我们心里都很着急。商城告急，敌人也心急火燎，因为商城一丢，就失去了南进深入鄂豫皖苏区进行"围剿"的一个跳板，不救不行。不得已，敌驻豫特派"绥靖"公署主任刘峙，乃令第二十路总指挥张钫率第七十六师由信阳赶赴潢川，会同第二师、十二师，准备增援商城。

终于，潢川之敌3个师另1个旅共19个团，分两路大举出援商城。当时，大雪纷飞，道路泥泞，敌军车马辎重行动艰难。我军各部队严阵以待，第十二师在豆腐店一带高地抢占有利地形构筑工事，担任正面阻击；调围城的第七十三师位于其右侧，第十师、十一师位于其左侧，形成了一个两翼迂回、三面围堵的"口袋阵"。

2月8日，敌右路军行至豆腐店，与我正面阻击部队交火，其左路见状即向豆腐店以东进逼，我十二师部队顽强阻击，与敌军数次展开肉搏；同时，第七十三师由东迂回，歼敌1个团。在我军顽强阻击下，双方形成相持。下午，我十一师与第十师一道从左翼迂回成功，包围了敌指挥部，并在傅流店抢占了白露河渡口。这时，右路敌军见后路被切断，惊恐万状，顿时乱了阵脚，纷纷向后溃退。左路敌军见势不妙，也慌乱动摇，不敢恋战。我军乘势全线反攻，数万敌军人仰马翻，争先向北溃逃。我军挟威猛追，直追至潢川近郊。此战毙、伤、俘敌4000余人，敌第二师遭沉重打击，师长汤恩伯被撤职，该师亦撤往后方整补。敌援兵溃败后，商城守敌第五十八师更加恐慌，乃乘我主力打援，尚未回头包围之际，于10日弃城逃窜麻城，我军不战而克商城。

商潢战役，是我红四方面军继黄安战役之后实施的又一次重要战役，解放了商潢公路沿线广大地区，巩固了鄂豫皖根据地东西部的联系。

苏家埠大捷[*]

王宏坤

    1932 年初春，红四方面军总部命令第十二师由黄安县城进驻豆腐店，牵制光（山）潢（川）一线敌人；命令第十师、十一师、七十三师由黄安一带向东开进。当时我是第十师师长，率部与其他几个师的部队一起日夜兼程，按时在指定的地点集结，方面军总指挥部也随之到达。

    在独山镇，方面军总指挥徐向前、政委陈昌浩主持召集师团以上干部、地方独立团长参加军事会议，研究有关作战问题。徐总指出：敌人已经开始准备向鄂豫皖苏区发动第三次"围剿"，我们要在敌人兵力部署还未完全就绪之前，抓住有利战机，选择敌人薄弱环节，主动出击，把敌人在皖西的前哨据点苏家埠围起来，以吸引援敌，然后争取把敌皖西一翼打掉。他强调指出："围点打援，围点是手段，打援是

---

    * 本文原标题为《忆苏家埠大捷》，收录时做了适当修改。

目的，围点要打持久战，打援要打速决战、歼灭战，一定要将苏家埠的守敌死死围困，防其突围，逼其投降。"

为迎接红军主力围苏家埠，六安县的一些赤卫队于3月20日夜架起了浮桥，为红军渡河创造了条件。3月21日晚，第七十三师二一八团按照部署先过了淠河，进占青山店附近，与敌人接火，经几十分钟的战斗，扫除了青山店外围的敌人，将陈调元1个团包围。紧接着，红军几万人马连夜横渡了淠河。22日拂晓，总部命令第七十三师主力和第十师、十一师立刻向北挺进。总部估计苏家埠的敌人会出来增援青山店之敌，就决定由第十师在青山店以北十多公里的地方消灭它。

我带第十师到达预定地点后，立即通知各团干部一同察看地形、研究部署。突然，村里响起了枪声，原来是敌人援兵已到。我立即命令二十九团迅速抢占左翼大山，我军先敌到达山顶，敌人只占下面一个小山包。二十九团主力立即向敌人展开了猛烈的攻击。后续二十八团和三十团也进到山下，迅速向敌左翼运动。敌人很快觉察到侧翼有受到袭击的危险，开始向后收缩，几千人的队伍正在推进，前面猛一收缩，立即引起了极大的混乱。二十九团看准这个机会，一声冲锋号，红军战士不顾一切地朝敌人队伍猛冲过去，二十八团和三十团也乘机向敌人猛烈冲击，把前面的敌人冲得七零八落，后面的敌人就拼命向西奔逃，我们一直紧追不舍。

我跟着追击部队一面向前走，一面估计着战局的发展趋势：敌人有两种可能，一是溃散，一是缩回苏家埠。根据敌人不顾一切溃退，许多辎重都置弃不顾的征象来看，是极力想进据点去。于是，我命令部队奋力勇猛追击。

这时，一个骑兵通信员飞驰而来，在我面前跳下马。看他那神态，我就知道大事不好，敌人准是进了苏家埠围子里了。我连忙问他："部队突进去了没有？""进去一个连，后面没跟上，因为人少，被敌人挤出来了。"出现这样的局面，主要是我们打巷战没有经验，队伍进去后没站住脚。我立即飞马来到苏家埠后，通知各部乘势部署包围苏家埠。

苏家埠有 1 万多人口，水陆交通比较方便，是六安西南的大集镇，因此成为皖西敌人重点防守的一个据点。它围墙高耸，西濒淠河，从东南到西北，被阔深壕沟、密集铁丝网和一层又一层的鹿寨，像铁箍一样包围在中间。它居高临下，易守难攻。我从俘虏口中了解到，逃到苏家埠的敌人是 2 个旅部、3 个步兵团、1 个山炮营、1 个手枪营、1 个警卫营，除了被我军消灭了约 1 个营外，大约还有 6000 多人。总部命令我第十师将这 6000 多人紧紧围住，不能跑掉一个，继续吸引援兵。

我们师做了周密的部署：把第二十八团放在镇东南，师部特务营放在镇东，第三十团放在镇西北；另由第二十八团派出 1 个连驻在河西岸的沙滩上，一是监视镇子背后的一个码头，不给敌人水喝；二是防止敌人向西跑，通过我们的根据地逃掉。我们再用第三十团 1 个排的兵力，乘木船在河上巡逻；第二十九团作为全师的预备队，在苏家埠东北约 5 公里的一个小镇子驻扎。

苏家埠之敌被我们紧紧地包围起来后，总部命令第七十三师和霍山独立团围青山店和打击霍山援兵；第十一师主力配置于六安西南之平岗头、樊通桥一线占领有利阵地，准备打击六安援兵；我师二十九团同时为总部的预备队；六、霍两县赤卫军和游击队在敌占区广泛打游击，侦察情况，迷惑敌人。

3 月 23 日拂晓，敌人的飞机就来了，在我们阵地上空盘旋侦察。这就是说，陈调元已知他们的队伍告急，他不能坐视不救。我们将师部的特务队派到苏家埠北七八公里路外侦察监视敌人行动；第十一师在苏家埠正北方向伺机阻击来援之敌。忽然在东北方向二十九团附近响起激烈的枪声，我派参谋了解情况，原来二十九团有个炊事员到镇外小河去挑水，突然发现举着白旗的敌人上来了，便迅速跑回大喊大叫："敌人来了！敌人来了！"正在午睡的战士们猛听喊声，立即抽出枕头下的枪支拥到街上。

敌人的尖兵连刚进镇子，我红军战士就冲了过去，1 个尖兵连就这样稀里糊涂地做了俘虏，不声不响地被我们消灭干净了。敌人后边的部队还没弄清是怎么回事，二十九团驻在小镇东北的 1 个营就从东向西横扫过来，于是展开了一场混战；镇上部队又从正面压来，逼得敌人立刻向北撤退，正与我们特务连遭遇；敌人再向北逃窜时，又遇第十一师迎击，被歼一部；余敌只好逃进了韩摆渡，又被第十一师三十二团、皖西独立第六师一部和六安独立团紧紧包围。这次被击溃的是六安之敌第一三六旅和警备二旅各 1 个团，企图与苏家埠之敌接通联系，解围被困之敌，结果落得被击溃的下场。3 月 31 日，敌人又从霍山向西出动，企图解围被困在青山店之敌，又被七十三师击溃。

红军负责围困的部队，在当地人民大力支援下，首先在据点外围挖环形工事，然后向前延伸，逐步缩小包围圈，并且用蛛网似的交通沟，把这里外三层的工事连接起来，每一层环形工事，都有用土垒起的许多碉堡，作为支撑点，与据点上的敌堡垒对峙。敌人大概见我们层层工事逼近他们鼻子跟前，有长期围困下去的趋势，开始有些发慌，几次组织试探性的突围，都立即被我们赶了回去，在红军坚固工事和严密火力封锁下，困守之敌如瓮中之鳖；而红军战士却在工事内练兵、学文化，歌声不绝。经过一个时期的围困，苏家埠敌人的粮食越来越困难，飞机空投的粮食和药品大部分落在我们阵地上，敌人饿得把附近的野菜、树皮全吃光了。我们一方面防止敌人从空中、水上给被困部队送粮，一方面堵截被困敌人出来挖野菜、扒树皮的去路，让敌人在"瓮"中无法维持。与此同时，第十一师把韩摆渡的敌人也围得水泄不通，逼得敌人走投无路。

一天，我们正在吃午饭，忽然听到前面吵吵嚷嚷的，抬头一看，原来是几个敌军士兵听到我们喊开饭，居然冒着危险到据点外来讨吃的，哀求我们的战士不要打枪。我叫战士们向敌军士兵招招手，告诉他们："我们不打枪，过来吧，给你们饭吃。"果然，有一个兵毫不犹豫地过来了，原来这个兵是过去被我们多次俘虏过的。他一边贪婪地吃着，一边讲述据点里的情形，无非是断粮后的惨况。

使我注意的是据点里的老百姓的遭遇，他们的粮食被敌军抢光了，而敌军又不让他们出来，当兵的和老百姓饿死的不少。我和甘元景政委商量后，立即将情况和意见向总部做了汇报，总部责成我们以总部的名义写信通知敌人旅长，命令他在指定时间内，将据点里上万名老百姓全部放出来，否则我们将严惩他们的罪责。由于我们强大力量的威慑，敌人不得不把据点里的老百姓们放了出来。

徐向前总指挥早有预料，被长期围困之敌肯定还会有大批援兵来解围，在敌人到来之前，要抓紧时机在阵地上进行军事训练和政治动员，以鼓舞士气，以逸待劳，并命第七十三师加紧修筑工事准备打援。

长期困在苏家埠、韩摆渡之敌被逼得山穷水尽，他们拼命向陈调元呼救。而陈调元也力竭智穷，只好向蒋介石告急。4月下旬的一天，徐向前总指挥来电话告诉我们：蒋介石已经派皖西"剿共"总指挥厉式鼎从合肥出动了，加上陈调元残部一共有15个团计2万余人的兵力，正在向西南方向压来。

5月1日，第七十三师二一八团1个营与敌人在陡拔河以东接触，随即边打边撤。2日拂晓，敌先头第七师主力十九旅尾追红军渡过陡拔河。已过河之敌进至第七十三师阵地，立即遭到七十三师火力突然猛击，敌十九旅大部被歼；敌人后续部队继续向七十三师阵地猛烈地进攻，被七十三师顶住。第十一师迅速由六安城南向敌右翼后迂回过去，我们师主力也由戚家桥、庙岗头向敌左翼后包抄过来。第十一师和十师大部一举攻下婆山岭、老牛口，占领了所有的制高点，将敌军退路截断，把敌军全部压在陡拔河第七十三师阵地以东10公里路长的田冲中，我军乘势向敌军发起猛攻，这时天又下起大雨，红军及独立团、游击队、赤卫军和参战群众从四面八方发起冲击，经11个多小时激战，活捉了厉式鼎，敌两万援兵除少数漏网外全部就歼，敌人要把红军消灭在淠河以东或解苏家埠之围的企图遭到彻底破产。

被围在苏家埠的敌人听到枪声，知道救兵来了，立即组织突围，放下吊桥，向我三十团阵地扑来。我三十团集中一切火力向敌人猛烈开火，敌人拼命向外冲，我三十团预备队迅速出击，敌人由于伤亡大，冲出来的又被红军赶回苏家埠，不得不收起吊桥，再也不敢出来。我军乘机加强政治攻势，向敌人喊话："你们不投降，我们就打进去，一切后果由你们当官的负责！"

夜半，电话铃忽然响了，三十团团长方敬焱报告："巡逻队捉到一个敌营长。"我说："赶快把他送到师部来！"人送来后，我们一面让炊事员给他搞饭，一面问他是干什么的。他先说是营长，经追问，后来不得不承认是团长，刚从苏家埠出来。吃完饭，经交代政策后，他谈了围在苏家埠里敌人的情况。敌人内部很乱，大官指挥不了小官，小官指挥不了当兵的，这样下去根本不能维持了。

我问他敢不敢回去，他说敢回去。我说："你回去跟你们的旅长讲，叫他投降，如果不投降，我们明天下午就发起攻击。我们的政策是缴枪不杀，优待俘虏，红军说话算数！"我叫这个团长回去后，第二天下午3点出来答复，到时不见人，我们就开始攻城！

等到下午3点，他们派了一个副官来，一上来就向我们道歉，说工作还未做成熟，再等一小时才能达成协议，让我们先别开火。我说："好，你回去叫他们赶快投降，不投降就开火！"这时，敌垒内部知道要投降了，乱了营，都纷纷跑出来。我命令部队把他们赶回去，让他们回去跟敌旅长吵闹，促其赶快投降。大约4点，那位团长亲自出来了，表示敌旅长接受投降，我给他们规定了有关事项。

下午5点多，敌旅长带着团以上军官来到机场，依照官阶大小，低头排在屋檐下。我高声宣布："我代表中国工农红军围攻苏家埠的部队，接受你们的投降！"

至此，苏家埠战役以红军大捷而告终，共歼灭敌3万余人。苏家埠战役从3月22日开始到5月8日止，历时48天，解放了淠河以东广大地区，并为皖西根据地的进一步扩大创造了条件。苏家埠之战，红军彻底粉碎了蒋介石对鄂豫皖苏区的第三次"围剿",取得了具有历史意义的重大胜利。在此次战役中,总指挥徐向前统观全局,一开始就确定了"围点打援"的作战原则,除围攻敌人外,集中所有能集中起来的兵力消灭了援兵。战斗的每个关键时刻,徐总都及时给予指示,经常亲临前沿阵地鼓舞官兵士气,指示围困部队对敌人要越围越死,强调打援的部队平时加紧军事训练,随时做好打援的准备,以逸待劳,歼灭来援之敌。徐总判断、掌握敌情准确,红军按他的指挥对付敌人,不打则已,一打必歼。大敌当前,红军各参战部队都能顾全大局,密切配合,协同作战。根据地的人民群众给予了大力支援,从慰劳到参战都做了不懈的努力。我军还坚持了强有力的思想政治工作,使全体指战员始终保持了高昂的战斗情绪。上述各个方面,保证了这一战役的胜利。

5月23日,中华苏维埃临时中央政府来电祝贺红四方面军苏家埠大捷:苏家埠战役的胜利"给予全国反帝国主义、反国民党的革命运动以无限兴奋",号召部队继续英勇战斗,与各地红军及全国反帝反国民党斗争力量一道,争取新的胜利。

捣毁皖西"剿共"指挥部[*]

陈礼保

　　1932 年 3 月末，徐向前同志指挥红四方面军，进行著名的苏家埠战役，一下子将 6000 多敌人团团围住。为了解围，蒋介石于 4 月底，从合肥等地调遣了两万多敌人，由皖西"剿共"总指挥厉式鼎率领，增援苏家埠，妄图挽回败局。

　　我当时在红四方面军七十三师二一七团一营当通信班长。5 月 1 日，我们营和其他许多部队在六安县樊通桥东面不远的山地上阻击增援之敌。仗打得十分激烈，敌人一次次冲锋，都被我们打退了。战斗进行到后半夜，我们营突然接到上级命令，要我们立即撤出战斗，连夜向六安县南面前进。

　　我们由向导带着，冒雨摸黑经过一个多小时急行军，赶到了预定地点七里井村。营长检查队伍后，向我们宣布说：

　　* 本文选自旅大警备区党史资料征集办公室编《革命回忆录》（第三辑），1988 年 8 月，收录时做了适当修改。

119

上级命令我们营插到老牛口去，捣毁敌人的总指挥部。原来是让我们干大任务啊！大家一听，精神头立刻又上来了。营长继续说："我们营是团的先遣部队，行动要快，动作要静，以迅雷不及掩耳之势，突袭敌人指挥部，打它个措手不及！"

随后，队伍马上出发。前进到五里塘和大岗头之间时，突然在二连前进的方向响起了激烈的枪声。营长立即命令部队做好战斗准备，向响枪的地方快速前进。原来，敌人头一天在这里设了一道临时防线，刚才是二连突过时响的枪声。现在敌人加强了兵力，封锁了前面道路，卡断了后面部队和二连的联系。情况一时有些危急。

营长看看敌人封锁得很紧，后续部队一时难以继续通过，他怕二连前进受到影响，便焦急地喊道："小陈，小王！"我和通信员小王赶忙答应。

"我命令你们俩立即突过敌人的封锁，追上二连，要他们迅速占领老牛口，杀进敌人的指挥部！记住了吗？"营长果断地命令我们。

"记住了！"我们俩坚决地回答，"请营长放心，一定完成任务！"我们告别营长，趁天还没亮，躲过了敌人的机枪扫射，闯过封锁线追上了二连后，立即向连长传达了营长的紧急命令，要他们不要顾及后面部队，迅速占领老牛口。

二连长听完命令后，随手从腰间拔出驳壳枪，向老牛口方向一指："同志们，上刺刀，跟我前进！"

我们俩知道打敌人的指挥部很重要，也想参加，就向连长央求要去，并跟他蘑菇起来。

连长见磨不过就同意了："那好吧。不过你们俩可要活着回来见营长，不然，我可不好向营长交代哟。"

我们立即加入队伍里去了，经过半个多小时强行军，部队离老牛口村子有 300 米远了，连长命令端枪前进，同志们端起雪亮的刺刀向村子逼近。

老牛口是一个有 30 多户人家的村子，东北面有座不大的土山，有 500 多个敌人把守。连长环视了下村子和山上阵地，低声命令道："二排、三排由指导员、副连长带领，配合大部队抢占山上阵地；一排和营部通信员小陈、小王跟我来，攻打村子指挥部。立即行动！"二、三排的战士们像箭一样地向山上阵地飞奔而去，一排像尖刀一样插进了村子。

一排长带着一班冲在最前面，他们隐蔽前进，用刺刀解决了村口两个敌人哨兵后，我们全体人员一声不响地摸进村子，沿街道、胡同两边的墙根寻找敌人的指挥机关。

忽然，在一个三岔街口发现了一缕缕的电话线，这电话线通向的院子，一定是指挥部。连长一面命令割断电话线，让敌人失去指挥；一面指挥战士顺藤摸瓜，找敌人的指挥机关。

电话线是从一个大瓦房院子里扯出来的，大院里有坐北朝南五大间正房，东西两侧是厢房，大门口上面修着庙一样的门楼，两边砌有一人半高的青砖围墙。敌人的临时指挥部就设在这里，大门内外各有两个哨兵无精打采地在站岗。

一班两个战士从小胡同里悄悄地摸了上去，在离哨兵只有五六米远的时候，突然跃起打倒了两个敌人，另两个哨兵吓得急忙跑进大院，不住地大声喊着："不好啦！红军来啦！"顿时，院里院外、村里村外枪声大作，指挥部里的敌人从正屋和两边厢房里疯狂地向院门口扫射。由于敌人的火力很猛，一班冲进去的几个同志又被敌人挤了出来。

　　连长带领几名战士迅速抢占了大院对面的小房子，在房顶架上两挺轻机枪，对着大院里的敌人猛烈扫射；然后命令一个战斗小组迂回到大院的侧面，上到另一座房子上用火力压制敌人，掩护其余小组翻墙往里冲。一个叫大个李的战士把4枚马尾手榴弹的保险针取下来，而后把手榴弹披在腰带上，登着梯子爬上了墙头，顺着墙头向东厢房爬去。敌人的机枪跟着打了过来，他毫不畏惧，敏捷迅速地爬上了东厢房，从腰间拽出准备好的4枚手榴弹顺着窗口甩了进去，就听几声巨响，里面的机枪哑了。趁势，连长指挥战士们搭着人梯，一个个翻墙而过，冒着翻滚的浓烟，快速地冲进了东厢房，敌人被冲进来的我军战士吓得失魂落魄，乖乖地缴了枪。

　　紧接着，西厢房也上去了4个战士，他们掀瓦凿房，扒开了一个大窟窿，居高临下猛劲向里扫射、丢手榴弹，敌人受不住了，在里边乱喊乱叫："饶命……"我军俘虏了30多个敌人。经过激烈的战斗，我们打下了两边厢房，但北房的敌人还在垂死挣扎，机枪仍在吼叫。

"蒋军弟兄们，快缴枪吧！红军是宽待俘虏的，再顽抗，只有死路一条！"我们对着屋里的残敌展开了政治攻势，敌人还是不停地向外扫射。

连长指挥集中两厢房的火力齐向北房里的敌人猛烈扫射，双方正在相持不下时，排长突然端着冲锋枪，带着一班长，从东厢房里冲了出来，他俩冒着流星似的子弹冲到北房门前，甩进了一颗手榴弹，趁着爆炸的烟雾，一个箭步闯了进去，一阵扫射，敌人的机枪哑巴了。东西厢房的同志们，紧接着也扑了上去。排长正要往东屋里冲，不料西屋射来的一颗子弹射中了他的后背，他身子晃了一下倒下了。

我和通信员小王跟着连长冲到了左侧窗前，砸开了窗户，小王就势一跃跳进屋里，登上桌子，对准敌人大吼一声："缴枪不杀！"正在这时，躲在炕沿下的一个胳膊受伤的胖军官端着手枪向小王瞄准，我立即开枪打掉了那个胖军官的手枪，连长用枪顶住了那个胖军官的脑门。

当我们拿下瓦房大院，押送俘虏从屋里出来时，红军大部队、赤卫队已经追到了整个老牛口，山上山下杀声震天、红旗遍地。我们端掉了敌人的指挥部，使敌人处于无指挥状态，被红军一举歼灭。

著名的苏家埠战役胜利结束。

冯寿二阻击战[*]

雷　震

　　1932年8月10日，我红四方面军主力部队正在围攻麻城时，突然接到上级命令：立即撤围，火速赶到黄安以西阻击对鄂豫皖苏区进行第四次"围剿"之敌。第十一、十二、七十三师在总部率领下，由麻城南侧出发，经仓子埠、中馆驿、秦家冲一线向黄安县城星夜兼程。同时，第十师从麻城北侧向七里坪开进。当时，我在第十二师三十六团三营九连任指导员。

　　8月11日清晨6点多，部队经过70多公里的急行军终于赶到了黄安县城，方面军总政治委员陈昌浩来到我们团，召集连以上干部开紧急会议，他说："敌八十三师已占领河口，该师一部现正由河口向黄安县城进犯，上级命令你们三十六团立即向河口方向急速前进，以最快的速度赶到黄安县

---

　　* 本文原标题为《冯寿二阻击战亲历记》，收录时做了适当修改。

城以西，坚决堵住敌人，保卫黄安。"根据团的作战方案，我们三营为团的前卫营，我连为营尖兵连，与大部队拉开1公里左右的距离，一边侦察敌情，一边随时准备参加战斗。上午10点左右，我们连率先通过了黄安城西约10公里处的一条沙河，来到冯寿二村。这里是从河口方向通往黄安县城的必经之路。

走过村南时，我们连同敌人先遣分队遭遇，即以迅雷不及掩耳之势猛打猛冲，一下子就把敌人的先遣分队打得跑了回去，并且活捉了几名俘虏。从俘虏的口供中得知，从西路进犯黄安的敌人是国民党第八十三师六十团，是敌人新装备起来的一个团，团装备迫击炮6门，每营装备重机枪6挺，每连配有掷弹筒3具，每个班还配有自动步枪，这些新式武器都是从德国买回来的，专门用来进行第四次"围剿"的。这时，敌六十团后续部队也开始露面了。

面对装备精良的敌人和迫在眉睫的战斗，我们连迅速占领了冯寿二村南的一片高地，依据有利地形，构筑起简易的战斗工事，居高临下，封锁了通过冯寿二村的路口。同时，我们团的后续部队也迅速赶了上来。由于高地附近都是稻田，稻田里又都是水，受地形限制，团主力部队只好在我们连占据的这片高地上集中构筑工事，阻击敌人的进攻。敌人由于对我们的情况不明，不知道我军的实力，也不敢贸然前进，就在我们对面的一个高地上摆开了阵势，开始构筑工事。双方形成了对峙。

敌人首先发起了进攻。枪炮声开始轰鸣，"嗖嗖"的流弹在身边乱飞，"轰轰"的炮弹也在身边不断爆炸。一阵枪炮声过后，敌人开始了第一轮进攻。敌人在火炮和轻重机枪的火力掩护下，穿过了我们阵地前沿的稻田扑来。因为稻田里生长着即将成熟的水稻，田里又是水和稀泥，给敌人的进攻造成了很大困难。当敌人越过稻田地来到我们阵地前时，连累带吓，人人气喘吁吁。连长一声发令枪响，我们的火力突然猛烈射击，前排的敌人接二连三地倒下去，可是后面的敌人在督战队的逼迫下还是一个劲儿地向前冲。打退了敌人几次冲锋后，我们的弹药不多了，火力也不像开始那样猛烈了。这时，有一股敌人趁机扑到我连阵地前，为了节省弹药，我们把敌人放到离阵地前沿只有几米远时，我和连长抽出身上的大刀，带领战士从工事中飞身跃出，和敌人展开白刃格斗。阵地前刀光剑影、血肉横飞，有的战士衣服被鲜血染红了，有的大刀砍钝了，有的刺刀拼弯了……敌人哪见过这种阵势，吓得纷纷后退，可是前面的敌人退下去了，后面的敌人又压了过来。就这样，杀回去、压过来，压过来、又杀回去，连续打退了敌人五六次进攻，一直连续战斗两个多小时，敌人也没有突破我们的阵地。这时，我们每个人除了还有几发子弹外，手榴弹全部打光，有的只剩下手中的大刀。

连长总结了前段战斗经验，重新调整了防御部署。我做了简短的战斗动员，重申了红军在战场上的纪律：活不缴枪，死不丢尸，轻伤不下火线，重伤不叫苦，随后又逐级指定了代理人。我在战斗动员中，望着大家血迹斑斑的身躯和疲惫不堪的面容，心中不由得泛起一阵难言的惆怅和痛苦。当时，我们连队随大部队打破敌人的第三次"围剿"计划后，在张国焘坚持不停顿地进攻的错误命令下，又随同方面军主力参加南下围攻麻城的战斗，以实现夺取麻城、威逼武汉的冒险计划。因此，在连续两个多月的时间里，部队不是行军就是打仗，几乎没有一天休息时间，部队得不到休整，缺员得不到补充。在敌人集中大批兵力对鄂豫皖苏区进行第四次"围剿"时，张国焘仍不顾战局的变化，继续命令部队围攻麻城，直至敌人兵临黄安城下时，才决定撤麻城之围，又命令极度疲惫的部队仓促投入第四次反"围剿"的战斗。战士们面对残暴的敌人和血火拼杀，什么疲劳、饥饿、伤病和流血牺牲全都忘掉了，大家在阵地前纷纷表示："人在阵地在，绝不让敌人进入我们阵地一步！"约中午时分，敌人的又一轮进攻开始了。面对蜂拥而来的敌人，我们的子弹全部打光了。大家就用刺刀拼、大刀砍，用夺得敌人的武器补充自己，继续坚持战斗，一次又一次地把敌人消灭在我们的阵地前。

在敌人的疯狂进攻下，我们全团有三分之二的人员伤亡了，我们连正、副连长都牺牲了，班、排长也大都阵亡了，全连只剩下30多人，而且几乎人人都挂了彩，我的身上也有两处伤口在不断地流着血，我连包扎一下都来不及。大家都瞪着眼睛，牙齿咬得咯咯响，不断地高喊："保证人在阵地在！""党考验我们的时候到了！"

下午 2 点左右，从上徐家方向又飞来几架敌机，在冯寿二村子的上空呼啸盘旋着，可能因为我们正在同敌人进行短兵相接的战斗，所以敌机也没敢往下扔炸弹，只是在低空飞来飞去给地面的敌人助威。敌人在空中飞机助威下，又一次进攻开始了。我们趴在工事里一动也不动，等到敌人靠近阵地时，猛地跃出工事，挥舞着大刀左砍右杀，又把敌人打退了。经过几次反复的白刃格斗，到了下午 4 点，我们都感到疲惫不支了。可是敌人还在蜂拥而上。我们连队的一名小战士被一伙冲上来的敌人紧紧围住，他毫不犹豫地拉响了身上的手榴弹，与敌人同归于尽了。

危急时刻，我们团一营从后面赶到了，同时在下徐家方向阻敌的第三十四团四连也从侧面向冯寿二之敌实施攻击，迫使敌人暂时停止了攻击。趁这有利战机，团首长立即组织全团开始反攻，打得敌人措手不及，不得不丢下 1000 余具尸体和大批武器弹药向河口方向狼狈逃窜。

敌人所谓新建的"王牌军"第六十团，被我英勇的三十六团打败了。第二天，部队没有来得及休整，就又奉命撤离黄安县城，转向七里坪。

七里坪反击战[*]

王宏坤

1932 年夏，蒋介石亲任鄂豫皖三省"剿匪"总司令，并亲临武汉调兵遣将，以 24 个师又 6 个旅共 30 余万人，另有 4 个航空队的兵力，"进剿"鄂豫皖根据地。

8 月上旬，红四方面军在毛家集召开师以上干部会议，研究部署作战问题。当时，我任第十师师长。大家主张红军要集中，待机歼敌一路，徐向前总指挥主张部队集中在黄安县。可是，张国焘决定第十师回去围麻城，第十二师开到冯寿二，第十一师、第七十三师驻原地不动。这就造成了红军的被动局面。

8 月 10 日，第十二师向冯寿二，我们十师向麻城开进。当我们进到黄安、麻城交界处时，总部骑兵通信员送来紧急命令，要我们火速抄小路北上，控制七里坪。于是，我们第

---

  * 本文原标题为《忆七里坪反击战》，收录时做了适当修改。

十师掉转方向，抄小路直向西北插去。当时正值三伏天气，骄阳似火，因要防空袭，只能拣林子里钻。山高林密，一点风也没有，闷得像蒸笼。部队真是过硬，再苦再累没有人计较，没有一句怪话怨言。

11 日下午，我们赶到了七里坪。这里是红四方面军的诞生地，是根据地的中心。听说红军要在这里打仗，男女老少全都出动，送茶送水，将花生、鸡蛋、鞋袜直往战士们口袋中塞，还组织青壮年抬担架、搬运物资，儿童团站岗放哨。当时接近农历"七月半"，新谷还未登场，粮食很困难，为了支援子弟兵打仗，群众宁愿自己挨饿，也十分踊跃地把仅有的粮食献出来送到红军手里，有的还未等稻子成熟就提前开镰收割，日夜抢打送给我们。

我们以第二十八团和第三十团控制七里坪镇子和两边山头，赶筑工事，并派出第二十九团向西前伸到黄陂站、吕王城附近，控制一个大山头，罗山独立团已在这里组织防御。12 日，敌向二十九团发动进攻，在独立二师、少共国际团、地方赤卫军和人民群众的配合支援下，二十九团凭险坚守，给敌以重大杀伤，将敌阻止在七里坪以西。吕王城一带及其以东的郭家凹、贺家河、平顶山一线山势险要，我军占据山头，敌一爬山我军就开火，敌人攻了一天，不仅没有进展，反而丢下了大批尸体。

13 日，张国焘却来命令要我们师向南开，说敌人占据了冯寿二和七里坪中间的一座高山，命令我们攻取该山头。

我们开到那里不久，第十一师和十二师也先后开到。我们几个师的领导都到前沿去看了，那里的地形很险要，易守难攻。敌人的工事依山势一层接一层，并且装备精良，火力很猛，攻起来必然伤亡大，也不会有什么结果，大家都不同意。这样部队又拉到了七里坪。

我们再到七里坪时，敌人4个师已乘机占据了倒水河西面大山，并且敌主力已从七里坪的西北转到了西南面，那一带山头较低，地势也较开阔，有利于大部队展开。我军遂在河东岸山头布下阵势。

总部以我们十师在北，控制七里坪镇子和其东面大山头悟仙山。十二师、十一师、七十三师、独立一师和少共国际团皆在我南面。我们师以三十团在前坚守，以其中的1个营守七里坪镇子，另2个营守镇子东南面的悟仙山。该团能攻善守，是全军战斗力最强的主力团之一。以二十八团、二十九团做预备队。这一仗，总部下了决心，要在这里给来犯之敌以狠狠打击，一鼓作气地将敌摧垮。

总部关于作战的指示一下来，我和政委立即召来3个团的团长、政委开会，贯彻总部意图。关于作战问题，我说，这一次要以最坚决、最勇敢、最顽强的精神同敌血战到底。打好这一仗，各团要注意几个问题：第一，在敌人猛攻我阵地时，既要坚决顶住敌人，又要保持我有生力量，保证我以后作战时有足够集中的预备兵力。所以，三十团防守兵力不宜过多。第二，在第二阶段反击打出去时，既要有正面猛打，又要组织一部或两部从侧面穿插迂回。第三，要明确我十师防守阵地为全军主阵地，既是要害部位，又处于全军最北端，所以各团不论在防守还是在反击中一定要以有力的一部保护侧翼，防敌迂回攻击。

8月15日拂晓，敌人全线出动，从七里坪镇南五六里处的周家墩渡过倒水河，向我军阵地发起猛攻。战斗最激烈的时候，防守七里坪镇的三十团三营教导员杜义德打来电话，说敌人分几路攻得很凶，他们防守很吃力，营长也挂了彩，要求支援。我对他说，你们一定要打退敌人，保住阵地。考虑到七里坪镇和我们主阵地之间是一片比较开阔的起伏地，敌人以飞机大炮火力紧紧封锁，我若支援，部队在通过时必将造成重大伤亡。所以，我只能激励他："别忘了你们是红三十团！"

激战至下午4点，敌人攻势略减，大部敌人已运动到了我悟仙山主阵地前强行仰攻。总部抓住战机，以独立一师、少共国际团、罗山独立团坚守阵地，集中我们4个师准备实施反攻。我们师位于全军之中，我们将反攻突击任务交给二十九团，二十八团、三十团在后跟进。反攻令一下，二十九团一下扑到敌人左侧猛打猛冲，同时十一师、七十三师向敌右侧，十二师从正面也一齐捶了下去，很快敌第二师第五旅两个团大部被歼灭在我阵前。敌人见先头失利，急调后梯队进入前沿，加强倒水河西岸防线，阻击红军反击。可是，我军攻势异常猛烈，指战员冒着猛烈的炮火和敌机的轮番轰炸，于周家墩处强行徒涉倒水河，从正面突入敌前沿阵地，一个山头接一个山头地争夺，一个阵地接一个阵地地攻占，指战员前仆后继，反复与敌肉搏厮杀，许多战士血染军衣仍然奋力冲杀，战斗的激烈程度是从来没有的。我军各部密切协同，猛打猛追，又歼敌两个团大部，直插白马嘶河，一举将敌师指挥所捣毁。

紧接着，我军向灯笼山发起猛烈攻击，因为后面就是敌司令部，敌急调预备队第八十师增援，并令左翼第三师向南靠拢，我军与敌第三师、第八十师和第二师残部激战彻夜，肉搏十余次，给敌以重大杀伤。这时，卫立煌率部赶来，敌人两股合在一起，大大加强了防守力量。天亮前，总部命令停止攻击，并将部队拉回倒水河东。

这一仗，我军歼敌4个团大部，将敌先头部队第二师打垮，敌6名团长全部伤亡，打得敌人心惊胆战。但鉴于在此与敌作战不利，方面军总部遂令队伍向檀树岗转移，另寻战机。

七里坪战斗是红四方面军主力向进攻苏区的优势之敌国民党军进行的一次大规模、英勇悲壮的反击战。由于在全局上，中共鄂豫皖中央分局主要领导人张国焘等错误地估计了形势，盲目轻敌，实行错误的作战方针，只讲进攻，不讲积极防御。同时，在具体作战指导上也犯了一些严重错误，初战时机选择不当，过早地与敌人实行决战；没有避强击弱，避实击虚，而是去打集中和强大的敌人主力；战术上只是迎头堵击，未能形成局部优势兵力和采取迂回包围战术。所以尽管我军指战员以无比勇敢顽强的战斗精神，在七里坪反击战和这以前的冯寿二等地作战中，给敌以重大杀伤，沉重地打击了蒋介石黄埔嫡系部队的嚣张气焰，但是并没有达到击破敌人一路，使整个战局发生有利于红军的重大变化的目的，相反却使红军遭到了重大的伤亡和消耗，继续处于被动地位，给之后的作战带来了更多的困难。

激战扶山寨

范朝利

1932年5月22日，蒋介石亲任鄂豫皖"剿匪"总司令，准备对鄂豫皖苏区实施新的"围剿"。在敌人的大举"围剿"面前，我方面军主力于8月11日、15日分别在冯寿二、七里坪与敌展开激战，重创了敌第二师、十师。17日，鉴于再战不利，方面军决定将主力向檀树岗、扶山寨方向转移。

这里地处大别山麓，山高路陡，行走十分困难。当地曾流传着这样的歌谣："悟仙到扶山，九十要当一百三，会走就走一天半，不会走走两天。"时值酷暑，骄阳似火，我们插小路，越山岭，跋涉在山间小道上，战士们个个汗流浃背。战士们对一连几天的作战、行军感到很紧张，对为什么总是打打走走很不理解。当时，我在第十师二十八团五连任指导员，也不了解全局，只是带领连队执行命令。

当地人民知道我们要向北转移，都怀着恋恋不舍的心情，高呼着"欢迎红军打回来！"等口号，分列道旁欢送我们。每到一地群众都递茶送水，有的群众还把鸡蛋、鞋袜等慰问品塞到战士手里。为了解除群众的忧虑，我们连队派出宣传员向群众说明红军撤退是暂时的，我们一定会打回来的！鼓舞群众坚持敌后斗争的勇气。群众的关怀使我们增添了无穷的力量，全连指战员斗志昂扬。经过两天多的行军，全军于8月31日顺利地赶到了扶山寨。

9月1日，敌人开始向扶山寨进攻。我军以顽强的精神、勇猛的火力，连续打退了敌人的偷袭和强攻等数十次冲锋，守住了阵地。9月5日，敌人加强了攻势，调集了数倍于我的兵力，向我军发动了全面进攻。这是扶山寨战斗最激烈、最残酷的一天。

上午8点左右，我连前哨报告：发现敌人隐蔽向我运动。我马上将此情况报告了营部，营长命令我们要做好准备，沉着迎战，抓住战机，伏击敌人。接到营长的命令以后，我们马上进入阵地，做好战斗准备。8点30分，敌人完全进入我火力圈之内，我全部火器一齐向敌人开了火，手榴弹的爆炸声、机枪的扫射声响成一片，阵地上硝烟弥漫，敌人成片地倒了下去。我军一线阵地的指战员乘势跃出战壕杀向敌群，经40分钟激战，敌人在我军阵地前丢下了23具尸体后退了回去。

10点左右，敌又以1个营的兵力向我连阵地发起了猛攻。这次敌人改变了战术，首先对我军进行炮火袭击，把我军阵地上的树木和杂草打燃了，我们的一些工事也被炸塌了，整个阵地上烟雾弥漫，然后敌人在炮火掩护下向我军阵地冲来。我们在敌人的炮火减弱以后，迅速占领了工事和有利地形，连续打退了敌人数次冲锋，一直将敌人压制在我军阵地前。敌人4架飞机来支援，可是被我军打得丧魂落魄的敌人连让飞机识别自己阵地的十字白布标志也忘了打开，敌机没有发现十字白布标志，便对着被我军压制的敌群，又是投弹又是扫射，炸得他们自己的人哭爹喊娘、血肉横飞。我们见此情景都拍手称快，并乘势跃出战壕，冲向敌阵收拾残敌。就这样，在敌机的有力"配合"下，敌人的进攻又被我军粉碎了。

为了粉碎敌人新的进攻，我们充分发挥思想政治工作的威力，调整了党员骨干，进行了简短的思想发动，调动同志们的杀敌积极性。战斗虽然打得很艰苦，但同志们的士气高涨，一致表示："要为牺牲的战友报仇，坚决守住阵地，哪怕只有一个人，也要继续战斗下去！"同志们都不顾疲劳，迅速修复了被炸毁的工事。下午1点，敌人的冲锋又开始了。连长命令：各班排一定要节约弹药，不到关键时刻不要轻易开枪。敌人冲到我军阵地前听不到一声枪响，以为我们是没有子弹了，便端着枪叫喊着："捉活的！捉活的！"号叫着向我们冲来，当敌人冲到我军阵地前20多米远时，我军扔出一排手榴弹在敌群里开了花，接着步枪、机枪也一齐向敌人猛烈射击，打得敌人滚的滚、爬的爬，退了回去。

下午 3 点左右，一个多营的敌人又一次向我连发动了猛烈的进攻。我连严阵以待，当即与敌展开了激战。30 分钟以后，二排坚守的阵地上来人报告："阵地上的弹药打光了，敌人冲上了我们的阵地，崔副排长率领同志们与敌人拼杀起来了。"我立即带领两个班冲向二排阵地，与敌人展开了肉搏战。激战至下午 4 点 10 分左右，在团炮火和友邻支援下打退了敌人的进攻，阵地牢牢地掌握在我们手里。

经过 5 天激战，我军以英勇顽强的战斗，击溃了敌军 3 个纵队的先头部队，重创了蒋介石嫡系第十师和第二师，歼敌 2000 余人，取得扶山寨战斗的重大胜利。但这并没有给敌人以歼灭性打击，也没有达到打垮敌人一路的目的。这时蒋介石又令扶山寨南面的卫立煌纵队、北面的张钫纵队加紧向扶山寨进逼，与西面的陈继承纵队构成对红军的三面包围。为了摆脱这种被动局面，方面军于 9 月 6 日决定撤离扶山寨，向皖西金家寨方向转移。

由鄂豫皖向川陕战略转移[*]

徐深吉

　　1931 年 11 月 10 日至 1932 年 6 月 16 日，红四方面军先后发起黄安、商潢、苏家埠和潢光四大战役，取得了歼敌 40 个正规团 6 万余人的重大胜利，打破了敌人对鄂豫皖苏区的第三次"围剿"。但由于中共鄂豫皖中央分局书记兼军委主席张国焘推行"左"倾冒险主义政策，搞不停顿的进攻，命令红军围攻麻城和向平汉路南段进攻。当我军正围攻麻城时，敌人的第四次"围剿"开始了。红军撤麻城之围，以劣势疲惫之师仓促迎战，虽然在冯寿二、七里坪、扶山寨、河口等战斗中歼敌上万人，但没有取得决定性的胜利，失去了反"围剿"的准备时间，我军陷入被动局面，要想在苏区打破敌人之"围剿"已很困难。因此，10 月 10 日，鄂豫皖中央分局召开紧急会议，决定越平汉路向西转移。自

---

　　[*] 本文原标题为《回忆红四方面军由鄂豫皖向川陕的战略转移》，收录时做了适当修改。

此，红四方面军走上了战略大转移之路。

1932年10月12日夜，我们4个师分两路从广水和卫家店之间越过平汉铁路。我当时任第七十三师二一八团副团长。10月16日，部队到达鲍家店，总部召集师以上干部会讨论行动方针。会上多数同志建议南下，与数日前在附近经过的红三军会合，以便集中力量打击敌人，待机打回根据地。张国焘认为会合后目标太大、给养困难，没有采纳多数同志的意见，决定继续西进。

敌人发觉红四方面军主力越平汉路后，立即进行追堵，企图歼灭红四方面军主力于襄（阳）枣（阳）宜（城）地区。10月19日拂晓，方面军主力到达湖北枣阳县以南40公里的新集及新集以西之吴家集、宋家集地区宿营。晚上8点左右，我们听见第十一师那边发生枪声，即令部队进入战斗准备，我团奉命占领西北方向一个高地掩护全军后方。这时敌第八十三师、十师和独立第三十四旅追上来了，向我第十一师、十师猛烈进攻，我军同敌激战竟日。20日晨，敌向我吴家集、宋家集、刀锋岭、关门山阵地发起猛攻，我予敌以重大杀伤，击溃敌第三十四旅，但乌龙观阵地被敌人占领。黄昏时，敌第八十三师、四十四师、十师、五十一师等部围了上来，为摆脱不利局面，我军疾速向西北转移。22日上午，我军到达枣阳西南土桥铺地区，敌第六十五师、六十七师据守沙河堵击，第一师和第五十一师从两侧向我夹攻，我军被三面包围。我前卫第十一师三十二团英勇奋战打开通路，掩护全军突出包围，通过沙河至土桥铺敌之封锁线，继续向西北转进。新集、土桥铺战斗后，在优势敌人的围追堵击下，红军主力丧失了从外线打回鄂豫皖根据地的条件，被迫寻求新的立足点。

11月2日，我军进到鄂豫陕交界之南化塘地区，在此休息了三天，准备在鄂豫陕边界创建新的根据地。但尚未展开工作，敌第四十四师、一师、五十一师、六十五师等部又围上来了，方面军决定经鄂陕边界之漫川关进入汉中。

11月11日，我军进到漫川关以东之康家坪、任岭地区，发现敌陕军3个团已占据漫川关防守，堵住了我军前进的道路。形势十分危急，张国焘却沉不住气了，提出分散突围的错误主张。徐向前认为，如果分散突围，好比把一大块肉切成小块，被敌人一口一口地吃掉；而集中突围，这一大块肉敌人一口吞不下，也只有集中突围，打开一个缺口，全军才能突出去。这一正确意见得到方面军总政委陈昌浩的支持。徐总指挥命令第十二师三十四团团长许世友率团担任主攻，第七十三师二一九团团长韩良诚率部配合，向敌第四十四师阵地猛攻；我第十师和第十一师部队，各自抗击当面敌人的攻击，配合第三十四团、二一九团突击。经过多次反复冲杀，终于在敌第四十四师两个旅之接合部夺占了北山垭口，为全军突围打开了通道。敌人企图封闭这一缺口，进行反复争夺，均被我杀退。激战至黄昏，我全军冒着敌人火力封锁迅速通过这一缺口，连夜翻越野狐岭，抢占竹林关，脱离了危境。漫川关突围战，是徐向前总指挥在生死存亡的紧急关头挽救了红四方面军，再次打破了敌人围歼我军的企图。

我军由竹林关出发，计划经龙驹寨向商县推进。途中得知，敌人已先我进占龙驹寨，堵住了我军向北的去路。我军只有向西北进秦岭山区，走小路，攀岩涉水，日夜兼程。由于山道狭窄，连牲口都很难通过，总指挥部山炮营的山炮、各师迫击炮连的迫击炮更难带走，只好埋藏在深山沟里，部队轻装前进。经过两天的艰苦跋涉，到了离商县不远的一个村子，部队刚准备宿营，又来了命令，马上出发。这时候部队很疲劳，又饥又渴，来不及做饭，干粮也没有了，怎么办？我们看到老乡的房子里挂了很多小柿子，当地老乡叫"火柿子"，我们团的几个领导商量后，立即通知各营、连买柿子吃，而后出发。

11月19日，部队进到商县以西之杨家斜，在此休息了一天，便南下柞水、镇安地区。当走到凤凰嘴以东之牛王寨时，得悉敌第一师已占领了山阳、凤凰嘴。于是我军又掉头向北，经曹家坪、丰家河沿着金井河逆流而上，涉水过河。11月下旬的山区气候，半截腿泡在冰冷的水里，草鞋、袜子、绑腿都是湿的，再被刺骨的寒风一吹，指战员的脚都裂开一道道的血口子。没有鞋子，打草鞋也没有时间，不少同志光着脚走路，再加上身着单衣，吃不上饭，连续行军，非常疲劳，不少同志得了病。我们干部都把自己的乘马让给伤病员和体弱的同志骑，上山时马背上驮一人，马尾上拉一人，干部战士团结一致向前进。翻过秦岭后，又走两天，来到何家山附近的山梁上，向北一望是一眼看不到边的平原，那就是关中平原，远远的一片烟雾沉沉的地方就是西安市，离这里只有二三十公里。方面军决定，以第十一师和第十二师为左路出库峪口，第七十三师和第十师为右路出汤峪口，23 日我军进入关中平原。

我军突然出秦岭，西安顿时紧张起来。国民党第十七路军总指挥兼陕西省主席杨虎城急令孙蔚如第十七师调兵到王曲、子午镇一带阻击，同时尾追之敌第一师、五十五师、四十四师、五十一师、三十五师也蜂拥而来。敌第二师、四十二师由陇海路匆忙西进。这时我们不知道陕北有红军和根据地，只是沿着秦岭北麓向西走。11 月 24 日上午，走到离西安南约 20 公里的王曲，在前面化装侦察的师部便衣特务队队长报告：前面发现敌人。我命令他们继续监视敌人，并查明敌兵力，然后立即派通信员向团长报告，并建议派第二营迅速沿秦岭山麓同第一营齐头并进，对敌人取包围态势。眼看敌人接近了，我命令第一营依托两条地坎子就地展开。敌人约一个团，从西、南两个方向向我第一营压来，遭我坚决阻击。敌人见状又分出 100 余人向我第一营北面迂回，企图对我形成三面包围。我第一营为钳制敌人，掩护团主力作战，原地进行坚决抗击。这时，我们发现敌主力 2000 多人，由南面山麓跑步向我团主力疾进，并很快展开攻击。由于李德堂团长没有采取措施，团主力在敌人优势兵力攻击下顿时混乱，忙向后退，在师主力上来以后才将敌击溃，我第一营也发起反攻，配合师主力歼灭敌人1个团又1个营。战斗结束后，上级命令由我接任团长。

11月27日，我军自户县南之彷徨镇西进，于28日进抵周至县以南马召镇附近的新口子。此时，方面军总部收到中央27日来电，指示红四方面军应"在鄂豫陕边建立新的根据地……继续向西入陕与长期行动是不适当的"。方面军决定到汉中地区建立根据地。

11月29日，方面军由新口子出发，再次翻越秦岭。此时已是严冬，指战员身上穿的是单衣，脚上蹬的是草鞋，既无铺的，也无盖的，特别是夜晚寒风刺骨，哪里能睡觉呢？大家围着火取暖，困了就随地一歪睡一觉，冻得受不了就起来活动活动，许多同志的手脚都冻得红肿，有的成了冻疮，有的甚至冻病了，但大家的革命精神很坚强，仍坚持照常行军、打仗。山里人烟稀少，粮食十分缺乏，我们从新口子带的粮食早就吃完了，补充粮食十分困难。走在前面的部队还好点，走在后面的部队就更难了。作为后卫的第十二师为了保证部队的战斗力，最后不得不痛杀军马充饥。

走了一个星期，翻过了9座两三千米的高山，于12月7日到达秦岭南之小河口。12月10日晚上到达汉江北岸城固西之沙河营，准备南渡汉水。徐总指挥亲自沿江勘察，询问老乡，选在江水最平稳的地方组织部队徒涉。全军顺利地渡过汉江，将追击之敌远远地抛在关中，我军迅速占领汉中。

在汉中地区建立根据地有一定的条件，但是从长远战略上看，人力、物力资源有限，容易被敌人封锁，而且交通不便，向外发展将受到限制。这时，得悉蒋介石正调集兵力准备对中央革命根据地进行新的"围剿"，川陕军阀彼此矛盾重重，四川军阀正在成都地区混战，川北后方薄弱，方面军决定抓住这一时机，进川北建立根据地。

12月15日，方面军在钟家沟召开团以上干部会议，传达和讨论了进军川北、创建川陕革命根据地的方针。17日清早，部队向大巴山进发。走了约5公里路后，上山的路开始有积雪，看不清的羊肠小路越走越滑，实在难走就垫一把稻草，有的地方太陡了只好用手拉着小树枝往上爬。天气虽然很冷，但身上的汗未干过，内衣都是湿的，凉冰冰的。我骑的骡子背上驮着一名病号，尾巴上还拉着一个，骡子满身是汗。上午11点左右，部队小休息，战士们啃点干粮，抓几把雪吃，又继续上山。下午3点多，我们团已大部分到山上面了。山上积雪更厚，但比上山好走些，下午6点，天已黑了，部队露营休息。天刚拂晓，部队吃点干粮，又准备出发。部队沿山上走了3个多小时，大约上午9点开始下山，下坡是向阳面，积雪晒化再冻成冰，比积雪还滑，有时遇到下坡，冰上没有扎脚的地方，我们就快步跑下去。王树声师长年岁大点，显得比我们老成，就坐在地上，两脚一抬就滑下去了。我们开玩笑说："看师长坐滑梯啰！"18日下午4点多，我们胜利地翻过大巴山。而后迅速控制了以通江为中心的大片地区，展开了新根据地的创建工作。

我们红四方面军历时两个月又 7 天，行程 2000 多公里，在敌人的围追堵截下，全体指战员战胜了恶劣天气、克服了山川险阻和物质缺乏等极端困难，击破敌之重围，翻越秦岭、巴山，歼敌近万人，不仅完成了战略转移，还自己保存了 1.5 万人的骨干，成为开创新根据地的坚强力量。红四方面军又生龙活虎地活跃在川陕边区，打开了新的局面，开辟了胜利的前景。

漫川关突围[*]

罗应怀

　　1932 年 10 月 10 日，中共鄂豫皖中央分局在黄安县西北的黄柴畈召开紧急会议，决定红四方面军主力向平汉路以西转移。12 日夜，方面军总部率第十师、十一师、十二师、七十三师和少共国际团共两万余人，突破敌人防线，于广水和卫家店车站之间越过平汉铁路向西转进。之前，曾考虑平汉铁路以西地区敌人防守力量比较薄弱，有原鄂豫边革命根据地的基础，有桐柏山、大洪山等有利地形，还可得到在鄂中地区活动的贺龙领导的红三军的配合，可以利用这些有利条件与敌人周转回旋，伺机消灭其有生力量，创造条件，重新打回鄂豫皖根据地。可是，在数倍于我的敌军尾追和堵击之下，在外线歼敌，打回根据地的计划不能实现。在枣阳的新集和土桥铺地区与敌人打了两仗后，不得不继续向西北转

---

　　* 本文原标题为《忆漫川关突围战》，收录时做了适当修改。

移。10月下旬，部队走新野、过邓县，夺路向淅川前进。经过10天急行军，于11月初到达鄂陕交界的南化塘地区。

南化塘地区位于丹江和汉水之间，北靠伏牛山，南傍鲍鱼岭，地形较好，粮米颇丰。方面军总部决定在这里发动群众建立革命根据地。当时我在第十二师三十四团一营二连当打旗兵兼连部通信班班长，听说要在这里建立新的革命根据地，大家高兴极了。可是，我们刚休息三天，敌人又跟踪追来，我们被迫继续西进，经漫川关入汉中。为了避开敌人，我们走的是荒无人烟、荆棘丛生的山间小道，在两天一夜的行军中，我们接连跨越72道河川，指战员的绑带被河水浸泡得湿漉漉的，越勒越紧，走起路来很难受，同志们风趣地编出顺口溜："七十二道川，绑腿总不干。"我们一路翻山越岭、涉水跨涧，于11月11日进至漫川关东康家坪、任岭地区。

漫川关山高林茂，地势险要，是我方面军由鄂入陕的必经之路，是敌我双方的必争之地。我们第三十四团是方面军的先头团，走在最前面。过了康家坪，进入任岭山区雷音寺一带时，漫川关就隐约可见了。团部命令第二营营长吴世安带领营主力轻装前进，抢占漫川关。可是，吴世安率部尚未出发，便获悉陕军杨虎城3个团已抢先占领漫川关，凭险据守，堵住了我军前进道路。后来，我们又接到方面军总部传来的敌情通报，多路敌军从四面包围过来，我军被合围在康家坪至任岭间仅5公里左右的峡谷之中。红四方面军又到了生死攸关的时刻！

在这危险至极的关头，张国焘主张部队化整为零，分开来打游击。徐向前总指挥则提出集中突围，他认为：方面军好比一块整肉，敌人一口吞不下去；如果分散，切成小块，正好被人家一口一口地吃掉。现在唯一的办法，就是趁北面敌人尚未完全封锁，打开一个缺口，集中兵力突围出去，方面军总政委陈昌浩支持徐总的正确意见，最后决定，集中突围！徐总当即命令：第十二师为夺路前卫师，在第七十三师配合下向北面敌之薄弱环节夺路前进，要不惜一切代价，抢夺北山垭口，为全军打开通道。第十二师三十四团和第七十三师二一九团都是善于打硬仗、恶仗的部队，接受命令后即展开行动。徐向前、陈昌浩等首长专门骑马来到我们团，对如何完成夺取北山垭口，保障全军通过的任务进行了具体部署。徐总紧紧握着许世友团长的手说："世友同志，全军安危唯此一举，必须不惜一切代价夺取垭口，只能成功，不能失败！"许团长深深理解徐总此刻的心情，斩钉截铁地回答："请首长放心，第三十四团只要拼不光，就一定为全军杀出一条血路来！"

11 月 12 日拂晓，我们冒着大雾从康家坪沟出发，按照预定计划，绕道漫川关，向东北方向迂回攀越高山，经南坪朝张家庄以西地区疾进，以最快的速度抢夺北山垭口，控制有利地形。这时，敌第四十四师正向张家庄北山垭口附近推进，对我军实施拦截，企图进一步封锁我军向北突围的道路。北山垭口在狮子山脚下，要控制垭口，必须首先占领狮子山制高点。狮子山高1000余米，地势非常险要，敌我双方势在必争。我团指战员从山的南面攀藤附葛，奋勇登山。当我们到达制高点时，朝下一望，隐约可见漫山遍野的敌人正蜂拥般地从山的北面爬上来，其先头部队也已接近山顶了，好险啊！如果我们晚到几分钟，让敌人抢先占领了山头，北山垭口就被他们封锁住了。我们一到山头就与敌人短兵相接，战斗的打响不是以枪声，而是以手榴弹、刺刀开始的。我们第三十四团一营是前卫营，最先投入战斗。由于我们占据了有利地形，居高临下，一阵嘹亮的冲锋号响过后，指战员们像下山猛虎扑向敌群，杀得仰面爬坡的敌人措手不及，遭我军迎头痛击后退到山崖后面，选择有利地形与我军顽抗。

战斗一打响，徐总立即赶到前沿阵地，在第一线进行指挥。总政委陈昌浩带着一个警卫排赶到第三十四团二营，亲自率领部队抢占了张家庄外沿的北山垭口右侧高地，用火力封锁了敌人后续部队增援的途径，他边指挥战斗，边对同志们说："一定坚决守住这个垭口，不然全军就被堵住了。"许团长交代二营营长吴世安说："你在这里听总政委指挥，叫你怎么打就怎么打，打光了也要完成任务！"说完，他转身又奔向第一营阵地指挥战斗。

张家庄是个箕箕形的高山小盆地，左右两侧耸立着两座高岭，盆地出口处有一座馒头状的无名小高地，这里便是我们第三十四团阻击敌人的阵地。左侧高岭上，由第三营和团直属特务连、机枪连把守；右侧高岭上，陈昌浩总政委已带第二营抢占；我们第一营则坚守在面临敌人最前沿的无名高地上，像把老虎钳子，死死地掐住敌人的咽喉。我们阵地的左侧后面，便是全军赖以突围的唯一通道。同志们心里明白，阵地一旦失守，全军就将被堵死在山谷里，必须死守阵地，寸土不能丢。

许世友团长能征惯战、勇猛顽强，他执行上级命令非常坚决，从来不讲半点价钱，还特别喜欢打硬仗，每次战斗总是冲在前头。常言道，"强将手下无弱兵"，在我们团，指战员们始终士气高昂、斗志旺盛，困难再大，伤亡再重，从不皱一皱眉头。我们动作迅速，像猛虎扑食，一个反冲击，就把刚冒头的敌人打了下去，占据了垭口的有利地势。敌人仗着兵力多，整连、整营甚至整团地一次次向山上猛扑。敌人的两个旅轮番向我们第一营守卫的无名高地进攻，一次次都被我们打下去了。有好多次，敌人凭借松树和灌木丛的掩护，冲到我们的阵地跟前，由于火力展不开，我们就用刺刀、大刀、手榴弹同敌人拼搏。激战中，弹药一时补充不上来，我们就用石头砸，战斗从早上打到下午，敌人始终未能前进一步。我军控制了整个北山垭口，敌人的大部队被压在垭口下面的山谷里，干着急没办法，只好隔着大山瞎打炮。就这样，我们在敌第四十四师两个旅的接合部撕开了一个血淋淋的口子，我军大部队在徐总指挥下迅速地从我们团控制的通道而过，向东北方向转移。

　　入夜，敌人的进攻停了下来，阵地渐渐地变得寂静、阴冷起来，天空飘起了雪花，趴在雪地上的指战员还身着单衣、脚穿草鞋，整整一天没吃没喝，饥寒交迫，难以忍受。团经理处长周业成和司务长赵丙乐设法从山下弄来一些生土豆，每人分了一个。我是第一次吃这东西，拿起来在衣服上擦了擦泥巴，啃了几口，又涩又麻，嘴皮子和舌头全麻木了。不管怎么说，总比饿着肚子强呀。有的同志想到明天，舍不得全吃完，还留下半个。弹药补充上来后，我们便轮番派出小分队兜到敌人屁股后头，又是打枪，又是扔手榴弹，骚扰敌人，搅得敌人惊慌失措、彻夜不安。次日，敌人发疯似的向我阵地上扑过来，战斗更加激烈，我们一营的前沿阵地一度被突破，随即又夺了回来。阵地上，枪声、手榴弹爆炸声、刀枪撞击声、喊杀声，响成一片，双方混战在一起。

　　激战中，我牢牢地擎着红旗。在当时红军部队里，战旗的作用是很重要的，战旗是部队和胜利的象征。战旗指向哪里，部队就冲到哪里；旗在，部队在，阵地就在。指战员们一看到红旗，浑身就充满了力量和勇气。我们打旗兵都是挑选勇敢、机灵的战士担任，打仗时冲在部队的最前面。我们把旗子看得比自己的生命还重要，我一面拼死保着红旗，一面参加战斗。一次，敌人突入了我连阵地，一排长抱住敌人机枪手滚打在一起。我急中生智，举起旗杆，一个箭步冲过去，用顶端的铁矛子猛戳进了敌机枪手的耳朵里，插了个

"穿堂过"，那敌人惨叫一声滚翻在地上。排长爬起来，又端起机枪扫射。

抢占无名高地的战斗像拉锯一样来回争夺了好几次，战斗空前激烈，双方伤亡都很重。我们一营营长和 3 个连长、指导员全牺牲了，教导员负了重伤，大部分排长也牺牲了。营长倒下了，连长接替上去，连长牺牲了，排长自动站出来指挥，甚至班长、战士都自告奋勇地挺身出来指挥。到战斗结束，各级干部不知更替了多少茬，营长最后是由营部一名姓陈的司号长顶代的，但自始至终指挥没中断，战斗没有中止，阵地没有丢失。

与此同时，兄弟部队在方面军主力前进的两翼各要点上，也同合围过来的敌人展开了激战。直接配合我们第十二师突击开路的第七十三师二一九团，战斗在张家庄西北的龙山一带，这是我军突围通道左侧的又一个制高点，师长王树声随第二一九团一起行动，带领部队死死地守住了阵地，敌人的冲锋一次又一次被打下去了。

通过北山垭口的道路崎岖狭窄，方面军主力 1 万多人紧张而有秩序地从这里通过。部队轻装前进，能精减的东西全部扔弃了，行军锅被砸成了碎片，一些瘦弱的牲畜行动迟缓就被推下山涧，就连那些付出巨大代价从敌人手中缴获的山炮和迫击炮也忍痛炸成废铁。徐向前和陈昌浩站在最危险的隘道边，亲自指挥部队迅速通过，枪响弹啸中不时传来他们坚定、沉着的声音："快，再快一点！"

11 月 13 日黄昏，方面军主力顺利地通过了北山垭口。我们团开始撤退，由原来的前卫团队变成了后卫团队。摆脱敌人之后，我们沿着山间小道向北疾进，连夜翻越海拔 1600 多米的野狐岭，横跨大大小小、层层叠叠的山峦，直插竹林关，部队又一次化险为夷。

徐向前元帅后来曾回忆说："漫川关突围，是关系我军生死存亡的一仗。"他感慨地说："真是很危险啊，多亏了第三十四团在北山垭口顶住了。"

创建川陕革命根据地[*]

徐向前

 1932 年底，红四方面军翻越大巴山，进入川北，占领了通江、南江、巴中，进入创建川陕革命根据地的新时期。我们从鄂豫皖到四川，好像下棋一样，是走着看的。敌人围追堵截，扭住不放，我们只能走一步看一步，打一步算一步，并不是一开始就想到四川去搞根据地的。

 我们在鄂豫皖苏区第四次反"围剿"失利后，1932 年 10 月 10 日，中央分局在黄柴畈召开会议，张国焘主持，决定退出根据地，但没有全盘计划，而且好多同志思想上也不统一。第一步想到璩家湾红军活动的地区，把部队休整一下再杀回马枪。谁知到了鄂豫边原红三军活动地区，那里政权、根据地已不存在，军队也转移了。我们到那里正是早晨，驻到一个围子里搞饭吃，胡宗南的部队就赶到了。这样

---

  * 本文原标题为《忆创建川陕革命根据地》，收录时做了适当修改。

一来，敌人大军紧跟着我们，回也回不去，只有往西走。我军连夜撤出战斗，一路上被敌人堵击追击，只好再往西走，就到了漫川关。

进到漫川关，杨虎城的部队已经守住关口，胡宗南、肖之楚、刘茂恩的部队也拥上来，对我军形成包围的局面。胡宗南的部队弄不清我们是什么部队，还吹号同我们联络。那里地形很险恶，情况很危急。这时候，张国焘就紧张了，提出让部队分散游击。我说，不行，不能分散，分散了就会被敌人一口一口地吃掉。我们临时开了会，决定集中兵力突围。许世友第三十四团受命突击，他们乘夜间拼死冲过去，突破了敌人的包围圈，打开了一个口子。敌我双方当时争夺得很厉害，部队伤亡也很大，这个团是立了大功的。这一仗，陈昌浩亲自到前面指挥部队顶住，把敌人击溃。这一次相当危险，是关系我军生死存亡的一战。

部队夜走野狐岭，直扑山阳城，在胡宗南先占了山阳城的情况下，我军迅速向北插，抢占竹林关才脱了险。过了竹林关，经龙驹寨、商县到杨家斜，在凤凰嘴以东又遇到胡宗南部队堵截，只好又折而向北，最后一路走汤峪、一路走库峪，进入关中平原。敌人在王曲、子午镇一带阻击，我军在王曲一仗歼敌四个营后，再往西到了彷徨镇。后又决定南下走傥骆道，再翻秦岭，进抵秦岭南麓的小河口，由此进入汉中。但这里回旋余地也小，不好搞根据地，我们遂渡过汉水，决定进军川北，创建川陕革命根据地。此时，已是1932

年 12 月间，红四方面军经过两个多月的艰苦转战，还保存有 1.4 万余人。12 月中旬，全军翻越大巴山进入川北，先后占领通江、南江、巴中，终于在川北有了立足之地。

抗日战争期间，我在延安时，陈云等找我谈过一次话，主要就是谈红四方面军到四川去的问题。他们说，你们那时是有计划地到四川的吗？我说，谁想到四川哟，哪里晓得四川是个什么样子噢！我们是一路走，一路看，最后才到四川的。

红四方面军转战到川北才能创建根据地，有多方面的原因。当时，蒋介石和四川军阀之间，四川军阀内部，都有矛盾，我们利用了这种矛盾。四川军阀正在成都混战，盘踞川北的田颂尧出兵参战，后方空虚，首尾难顾；而且四川军阀历来割地自雄，不愿意叫蒋介石的势力进川。所以，追击我们的刘茂恩部已经从陕南进到万源，又退回去了；胡宗南部已经从汉中进到川陕交界的地区，爬上了巴山。假定那时四川军阀和蒋介石没有矛盾，蒋介石就可以从汉中调部队过来，两边一压，我们不仅很难进川，就是进去了也不容易站稳脚跟。另一个原因是地形条件、自然条件非常好。"蜀道难，难于上青天"，那里山高林密，许多地方都是原始森林，像通南巴那些地方，你使用少数兵力把山口子一堵，敌人就很难攻进来；大部队集结、隐蔽、穿插，敌人很难发现，便于我军防御和反攻。再一个原因是群众受压迫剥削很重，迫切要求翻身解放，容易发动，特别是妇女，革命积极性很高，又能吃苦耐劳。王维舟、杨克明领导的川东游击军坚持武装斗争，对川北也是有影响的。总之，从各方面条件看，川陕边都是较理想的建立根据地的地方。这样，我们就胜利结束了西征，部队进入通南巴后实施战略展开，卡住山险要隘，构筑工事，准备对付四川军阀的反扑；同时，抓紧一切时间，搞休整补充，搞发动群众，搞建党建政。

红四方面军入川，四川军阀认为红军不过是东流西窜的"残匪"，不足为虑。蒋介石却极为不安，于1933年春，委任田颂尧为川陕边"剿匪"督办，向我们发起了"三路围攻"。我们采取的战略方针是收紧阵地、节节抗击、待机反攻、重点突破，就是以有利的地形、少数的兵力，与优势的进攻敌人"磨蹭"，经过一个逐步消耗敌人的阶段，使他们战线拉长，孤军深入，疲惫不堪，我最后反攻，把敌人一下子打垮。在三个多月的时间里，我们逐次收紧阵地，直至放弃了通南巴三座县城，将主力收缩到通江以北方圆50公里的空山坝地区，而后实施反击。我们对敌分割包围，经过三天激战，彻底粉碎了敌人的"三路围攻"，为川陕革命根据地的发展奠定了比较牢固的基础，将原来的4个师扩充为4个军。

随后，我军发动了仪（陇）南（部）、营（山）渠（县）、宣（汉）达（县）三次进攻战役。夺取南部的盐井，是发起仪南战役的主要原因。盐，当时是个很严重的问题，那时一两盐要花1块白洋。营渠战役进展很快，我们没用几天就把守敌杨森的部队摧垮了，我军势如破竹，部队利用夜袭突破，一鼓作气，几天就前进了50多公里。宣达战役是很有意义的，打四川老牌军阀刘存厚，我们先以一部兵力西向嘉陵江东岸佯动，主力却向东线秘密集结，出其不意，实施中央突破、两翼迂回，在川东地下党、川东游击军的配合下，一下子插进刘存厚的老窝，端了个底朝天。这一仗结束，消灭了敌人的6个团，解放了宣汉、达县、万源等县城，根据地向东扩展了100公里。

虽然部队扩编为4个军，但有些部队番号有了，实际上很不充实，有些师只有1个团、2个团，有的甚至只有番号没有部队。宣达战役期间，我们同王维舟领导的川东游击军会合，群众革命热情高涨，纷纷前来参加红军。一扩兵就是一两千、两三千。红军越是打胜仗，群众就越相信红军、拥护红军，这是很自然的道理。川东游击军编为红三十三军，红四方面军发展为5个军，近8万人。红三十三军是一支很好的部队，有丰富的游击战争经验，与当地人民群众有血肉联系，在川东一带有很大影响。王维舟、杨克明等领导人，对建设这支部队做出了很大的贡献。

从刘存厚手里，我们还夺得很多东西，武器、弹药、银圆、布匹、印刷机等，缴获很丰富，光子弹就有500多万发，棉布20多万匹，一下子我们的运输都成了问题。特别是搞了个兵工厂，我们可以制造手榴弹、子弹，修理枪炮，对后来的作战起了很大作用。假如我们没有打宣汉、达县，或是打了没有打好，没有缴获许多东西补充自己，没有把敌人的兵工厂搬到根据地来，那么，打刘湘就势必遇到更大的困难。打那么长时间的仗，你没有手榴弹、步枪、子弹、迫击炮，光靠大刀、木棍、石头怎么行呢？怎么能打垮优势装备的敌人呢？

经过仪南、营渠、宣达三次战役，部队进一步熟悉了川北的地势特点，提高了山地战斗、河川战斗、夜间战斗的本领，形成了一套攻守兼备的战术思想。四川军阀被我们打怕了，人人自危。这时，川陕革命根据地进入了鼎盛时期。

1933 年冬，刘湘在蒋介石的支持下，动员了几乎全川军阀的力量，向我川陕革命根据地发起了"六路围攻"。这是我们在四川打的时间最长、最艰苦的一个战役，在红四方面军的历史上也可以说是规模最大、持续时间最久、战绩最辉煌的一个战役。我们花了整整 10 个月的时间，先后粉碎敌人的四期进攻，歼敌 8 万余人。当然，我们也付出了血的代价，共伤亡 2 万余人。其中，最有决定意义的是万源一带的决战防御，刘湘以八九个旅的兵力从东、南、西三面形成对万源的围攻，我们逐次收紧阵地，也到了无可再收的极限，假如万源失守，我军就有被敌压出川北的危险。敌人拼了死命，我们也拼了死命，这是关系川陕革命根据地生死存亡的一次决战，不拼命不行啊！我们的部队真顽强，一不怕苦、二不怕死。粮食少，吃饭很困难，有时连山芋蛋也吃不上，稀饭也喝不上，靠野菜充饥；天气又热，蚊虫又多，医药又缺，弹药又少。我们靠什么和敌人熬呀，就是靠党的领导，靠士气，靠勇敢，靠智慧，靠上下一心，靠平素养成的过硬战斗作风。打起仗来，部队没有股硬劲、狠劲是不行的。那时敌人在我们的前沿阵地上死得一堆一堆的，连尸首都来不及拖走。在这种困难条件下，有的同志感到顶下去太困难，主张兵退汉中。实际上，当我们感到最困难、最熬不住的时候，往往也正是敌人最困难、最熬不住的时候。打仗，就是要熬得过这个"最后五分钟"。我们一方面咬紧牙关，硬着头皮顶住，不退，一步也不能退。

我们决定，以青龙观为突破口，发起进攻。万源西南的青龙观山非常高，悬崖峭壁，地势险要，这个最险要的地方正是敌人守备最薄弱的地方，也是想不到红军会进攻的地方，我们就把反攻的突破口选定在这里。我事先去看了地形，部队做了充分准备，夜战、奇袭，这一招很成功，一突破就像把刀子迅速插进去，我们乘胜猛追，饭也顾不上吃，敌人一个团长还在打电话下命令就当了俘虏。但这时，又发生了问题！究竟是左旋？还是右旋？左旋向东，东边是刘湘的主力第一、二、三师；右旋向西，西边是范绍增师，不是敌人的主力。我们在前面，决定东旋；张国焘在后面，来电话要西旋，电话里讲来讲去，弄了大半天，就是讲不通。他是中央代表、西北军委主席，不听他的命令不行呀。最后，我们只好向西旋。结果还没等我们旋下去，范绍增已经带着队伍逃跑了。右旋没旋成，只好再回头左旋，但左边的敌人早已退了下来，我们追着敌人的屁股打，没能消灭多少。

东线的反攻结果不理想，只有从西线想办法。我们把主力集中起来，到西线去搞。第一次突破，选在通江城南敌军第三、第四路的接合部冷水垭。利用夜袭，突破很顺利。接着，向纵深发展，但因敌人缩得很快，没有取得多少战果。他们退到巴中一带守起来，我们又进行第二个夜袭突破，西线敌人开始全线撤退。敌人跑得那么快，我们顾不上连续作战的疲劳，昼夜疾进，同敌人抢时间。时间就是胜利，耽误了时间，就会像东线反攻那样，失去战机，什么也捞不着。这时，又遇到深迂回还是浅迂回的问题。张国焘来电话，要我们渡过巴中河，顺北向长池方向迂回。这是浅迂回，结果只能追着敌人的屁股打，不能兜住敌人。这次，我和李先念商量，不能再听张国焘瞎指挥。我说，就是犯错误也不听他的，打了仗再说，我负责！李先念说，对，将在外，君命有所不受嘛！我们下决心搞深迂回，大纵深地穿插迂回，命令部队立即从巴中出发，经凤仪场、雪山场，直插木门以西的黄猫垭、旺苍坝。黄猫垭一仗，我军打得很激烈，全歼敌一万余人。这是反"六路围攻"中消灭敌人最多的一个战斗。

粉碎"六路围攻"后，我们在毛浴镇召开了政工会议，同时为了激励斗志，表彰了在反"六路围攻"中功绩突出的部队，授予一些部队荣誉称号，如授予七十三团"攻如猛虎"奖旗、七十五团"守如泰山"奖旗、二六三团"钢军"奖旗、二六五团"夜老虎"奖旗、二七四团"夜摸常胜军"

奖旗、二九六团"百发百中"奖旗，等等。后来又召开了清江渡军事会议，总结了反"六路围攻"的经验。

敌人的"六路围攻"被粉碎后，蒋介石又着手布置新的"川陕会剿"计划。我们制定了向川陕甘发展的战略方针和作战计划。不久，中央来了电报，要我们派出一个师南进，接应中央红军北上。中央红军的处境，一直是我们急切关注的问题。除了由红四方面军的电台不断将情报及时向中央红军提供外，陈昌浩还经常想办法搜罗这方面的消息，私下里同我研究、讨论。中央的命运，谁不关心呀！因为情况不太好，也不便向下面去讲，反正心里都很着急。接到中央的电报，我们立即开会，讨论如何策应的问题。派部队出去，多了，抽不出去；少了，去一个师，等于拿肉包子打狗，有去无回。四川那种地形，敌人把山险隘路截断，你无处可走哇。从敌人的报纸上得知徐海东部到达豫西一带的消息，也需要接应。我们决定向川陕甘发展，先控制嘉陵江两岸，进而可图川西平原、甘南、陕南，伺机策应中央红军和红二十五军。但是，打广元、昭化没有攻下来，于是我们回兵出汉中，进行陕南战役，目的是调动和迷惑川军，以策应中央红军和红二十五军。从陕南回来，就强渡嘉陵江。

1935 年 3 月间，我们经过充分准备，成功强渡过江，突破剑门关，进击涪江两岸的江油、中坝、彰明地区。我们在前面打，后面可就搬了家了。我打电报左催右催，后续部队就是上不来，张国焘要撤出川陕根据地，搞大搬家，慢慢腾

163

腾的，一拖就拖了 40 天，使我们打胡宗南的计划流产了。川陕甘计划未能实现，非常失策，是关系整个革命命运的问题。如果当时实现了这个计划，中央红军北上后就有了立足点，形势会大不一样的。

根据地的存在、巩固和发展，最小限度要有两个条件：政策对头，消灭敌人，二者是互相联系的。部队打仗，一要吃饭，二要穿衣，三要兵员，四要武器弹药。我们的武器弹药主要来自敌人，没吃没穿没有人，打什么仗呀？不打仗和消灭敌人，武器弹药从哪里来呀？就是说，政策搞对了头，有了人力、物力、财力，才能保证部队的发展壮大，才能保证根据地的巩固和扩大。另一条是军事上打胜仗，打歼灭战。毛主席说，伤其十指，不如断其一指，是很正确的。对于敌人，伤其十指，无碍大局，他擦了药又好啦；断其一指，才能消灭敌人的有生力量，从敌人那里取得补充物资，发展我们自己，进一步扩大根据地。在当时的条件下，敌人的部队有补充，我们没有补充。每打一仗，就应该考虑究竟为什么要打，怎样才能消灭敌人的主力，以补充和发展自己，这是军队存在的重要方面。你打消耗战，怎么能打败他们呢？怎么取之于敌呢？鄂豫皖第四次反"围剿"失败，教训之一就是和敌人拼消耗。你人力没有他多，财力没有他多，物力没有他多，怎么能和敌人去拼消耗呢？因此，毛主席主要强调进行运动战。我们的军队是长于打运动战的，战士能吃苦耐劳。"围点打援"，是运动战；诱敌深入，是运动战。川陕根据地的"收紧阵地"，则是阵地战同运动战相结合的一种战法。我们没有多少武器，但善于打运动战。发挥我们这种优势、特长，就能大量消灭敌人。

川陕革命根据地的人民，为了中国革命的胜利，前仆后继，艰苦奋斗，英勇牺牲，贡献了他们所能贡献的一切力量，保证了红军的存在和发展，保证了根据地的巩固和扩大。历史经验证明，我们的力量来自人民。只要我们一时一刻也不忘记人民，不脱离人民，革命事业就无往不胜。

翻越巴山先遣团

杨立夫

　　1932 年 12 月，红四方面军在徐向前总指挥等率领下，冲破敌人重重围追堵截，经过近三个月的艰苦转战，胜利到达汉水以南西乡地区。而后我军进军川北，准备创建川陕革命根据地。

　　大巴山，当地人叫它"二百一"，就是上 70 里、下 70 里、山梁 70 里。在这 210 里的山道中，峰峦叠嶂，山势险要，道路崎岖，荆棘丛生，再加隆冬季节，冰雪覆盖，气候恶劣，真是"蜀道之难，难于上青天"。奉总部命令，我们第二一七团为翻越巴山先遣队，任务是侦察敌情，勘察标示道路，并在每隔 5 公里、15 公里的地方，搭起一些简陋的小草棚，作为后面大部队伤病员的临时救护站和体弱同志的休息处。

　　接受任务后，部队在进行深入思想动员的同时，还抓紧在物资上进行了准备，除每人准备了三天的干粮、三双草鞋和三公斤稻草外，还带锹、镐、砍刀和搭棚用的部分绳子、木条和树杆子等。12 月 17 日拂晓，我们先遣队开始翻越大巴山天险。黎明前我们踏着白雪，沿着蜿蜒的山径向上爬去，边走边用砍刀和刺刀砍掉路上丛生的荆棘，铲除堵塞道路上的大石头，把大小雪窝填平砸实，为后面的大部队开路，并在显眼的地方插上事先准备好的三角小红旗，作为部队行进的标记。走着走着，太阳已高高升起，皑皑的积雪反射着白光，刺得眼睛睁不开、直流泪，渐渐地一些同志患了雪盲症，看不清东西了。但同志们怀着创建革命根据地的坚定决心，继续向山上爬着，挥舞着砍刀砍除道路上的荆棘，并就地取材，搭起一个个草棚。

当我们上到 20 公里处的时候，巴山的狂风向我们袭来，狂风卷着雪片直往鼻子和嘴里灌，呛得我们喘不过气来；树梢上的小冰球被风吹落下来，像下冰雹似的不断打在我们的脸上，刺得疼痛难忍；单薄的衣服由于浸透了汗水和雪水，冻成了硬邦邦的"白铁夹克"，磨破了我们的皮肤，渗出血来，疼得揪心。越向上走，风雪越大，山势越险峭，崎岖狭窄的山道几乎要直立起来了，冰坡一个接着一个，一不小心就有滑下去的危险。部队的前进速度慢了下来。我们的草鞋早被雪水浸透了，结成了冰，有的同志的脚也被冰碴儿划破了，鲜血流出来很快就成了冰，十个脚趾冻得又木又麻；手像一双紫红的皮手套，又肿又硬，全身上下几乎都是冰凉的。由于空气渐渐稀薄了，高山缺氧，一些年老体弱的同志越走

167

越胸闷、气喘、头痛、干呕……但我们没有被困难所吓倒，没有向大巴山低头，谁也没有掉队，顽强地向山上爬去。

在艰苦的行军中，政治鼓动工作发挥了巨大作用，每当我们遇到难以通过的雪坑和冰坡时，就会听到问答式的鼓动词。

问："这山好陡呀？" 答："越陡越好走哟！"

问："这路好滑呀？" 答："越滑越好爬哟！"

接着，又听到大家唱起来："风雪萧萧叫啊，脚踩冰雪笑哟！口渴含冰糕啊，夜宿铺稻草哟！""上山又上山啊，左右光绕弯啊！前面笑哈哈啊，山顶看不见啊！"歌声、锣鼓声和加油鼓动声回响在大巴山间，鼓舞着同志们翻过大巴山。大家你拉我，我扶你，一步步前进着。我们克服着大自然所造成的种种困难和痛苦，边走边为后面的大部队开路，遇有路滑就垫上稻草，遇冰坡我们就抢起十字镐，挥舞砍刀和刺刀，开出一阶一阶的冰梯。山坡树少，我们就在背风处挖个雪窝窝，支上几根木杆子，四角拴上绳子连起来，盖上稻草，搭起伤病员休息棚。

登上大巴山顶，天已经黑了，该是宿营的时候了。我们首先吃饭，可把干粮拿出来，早已冻得硬邦邦的，又没有热水，我们只好啃一口冻干粮，吞一把雪。一天的行军十分疲劳，浑身上下也不知道是冷是热，有的头昏脑涨、恶心呕吐，有的眼睛疼得睁不开。我们医务所的同志不顾一天的疲劳，立即分成四个医疗小组，下到营、连、排、班进行治疗。部队最普遍的是雪盲症，我们用硼酸水洗眼、点眼药；对冻伤，就用雪搓洗，使局部皮肤发热。睡觉的时候，我们将准备好的稻草铺在雪地里，一个班围成一团，互相挤在一起，寒风吹得我们哆哆嗦嗦，浑身上下直抖；实在冷得厉害，就站起来蹦蹦跳跳，活动活动，驱走寒冷。

第二天我们又继续前进。下午，我们开始下山了，真是上山难下山更难，稍不留神，一溜就是几丈远。同志们你拉着我，我拉着你，一点一点地走着……下山才走了一多半，天又黑了，只能看到白茫茫的积雪。这时，侦察分队报告，前面快到核桃树村了，山下河南岸是四川通江县的两河口镇，驻有约 1 个连的敌人。洪美田团长命令部队保持肃静，继续前进。当晚，部队在核桃树村宿营。次日晨，部队整装继续下山，同志们个个精神抖擞，当天上午乘山下河南岸敌人不备，团前卫部队迅速过河消灭了驻扎在两河口的敌人，接着团后续部队也抢渡过河。

在当地群众的大力支援下，我们利用原敌人控制的三只小木船和敌兵营的床板、门板搭起浮桥，使方面军主力于 21 日通过两河口，胜利地翻过了大巴山，实现了进军川北的战略任务。

红旗直插通南巴

罗应怀

1932 年 10 月，红四方面军撤离鄂豫皖革命根据地，一路上艰苦转战，于 12 月中旬到达陕南，接着翻越大巴山。12 月 21 日上午，抵达大巴山南的核桃树村。当地群众说，再往前走 15 公里，就到四川南通江的两河口。听到这个消息，队伍里一下子沸腾起来，战士们高兴地说："巴山天险终于被我们征服了！"胜利的喜悦，使大家忘了寒冷，忘了饥饿，忘了伤痛，顿觉精神振奋，浑身充满了力量。

我当时在第十二师三十四团一营二连当掌旗兵，举着大旗走在全连最前面。快到两河口时，忽然听到前面传来噼里啪啦的响声，开始以为前面打响了，团部命令我们跑步前进，赶到街口一看，不是枪炮的响声，而是群众放鞭炮的声音。原来，担负先遣任务的第七十三师二一七团经过两天急行军，先期到达两河口，守敌一个连闻风逃窜，第二一七团占领两河口后迅速开展群众工作，宣传红军的主张。当地群众看到红军纪律严明、秋毫无犯，纷纷走出家门，燃放鞭炮欢迎红军，整个两河口镇家家户户充满了喜庆的气氛，满街满巷弥漫着爆竹的硝烟。

这时，总部命令我们十二师继续南下，占领通江。接受任务后，我们昼夜兼程，沿大通江河向南疾进。虽是严冬季节，但通江河两岸满山青绿，一派生机，比起冰天雪地的大巴山来，简直是另一重天地。指战员们高兴地说："川北真是个好地方，这下可找到落脚点了。"我们时而在崎岖的山路跋涉，时而在密林峡谷中穿行，大家一边行军一边议论着，在这里打仗，我们只用少数兵力将山口子堵住，敌人就休想攻进来，这真是"一夫当关，万夫莫开"的好地方啊！

12 月 25 日，我们先头第三十六团出敌不意占领通江县城，守敌第七旅一个营及当地民团除小部逃窜外全部被歼。为了庆祝我军入川后解放第一座县城的胜利，26 日，方面军总部率第十一师及我们师两个团，举行了威武雄壮的入城仪式。此后，方面军乘胜向前发展，迅速控制了通江大部地区。

红军神兵飞降川北，无异于田颂尧后院起火，慌忙调兵遣将向我军反扑。方面军为迅速打开局面，决定集中兵力打击田颂尧部，即以第十一师、十二师由通江西进，在城西之鹦哥嘴占领有利地形构筑工事。我们一路急行军赶到鹦哥嘴，立即查看地形，研究战斗方案，连夜构筑工事，进行战斗准备。川北冬夜气候寒冷，但大家抢锹挥镐进行土工作业，忙得汗流浃背。

第二天拂晓，师部通报说敌人很快就要来了，命令我们立即占领阵地，指战员们一个个摩拳擦掌，急切地等待着敌人的到来，期盼着痛痛快快地打一个歼灭战。在巴中至通江的路上，隐隐约约出现了敌人的队伍，待敌人接近阵地前沿几十米时，各种火器像刮风似的响了起来，打得敌人一片片地倒下去，前面的敌人招架不住掉头就逃，后面的敌人还没有弄清怎么回事就被退下来的敌人冲了个人仰马翻。

八九点钟的时候，敌人发动了第二次进攻。这次，敌人爬爬停停，只要我们的枪一响就往后缩。我们出击的时机已经成熟，司号长立即吹了冲锋号。霎时，营、连司号员一起站了出来，几十把军号齐鸣；团、营、连的旗帜一起竖了起来，几十杆红旗迎风招展。随着洪亮的号声，伏在两边山上的部队从四面八方涌下山扑向敌人，枪声、喊声震荡着山谷。敌人被我军的英勇气概吓呆了，稍作抵抗后纷纷溃逃。我们一直追到杨柏河，沿途抓获了几百个敌人。

这些俘虏每人都有一个竹子编的背篮，上面是一床军毯，下面放着烟枪和其他用具。在押送俘虏的路上，有些俘虏的烟瘾发作了，呵欠连天，眼泪鼻涕直流淌，走起路来像喝醉了酒一样摇摇晃晃。交通排的战士又好气又好笑地说：四川军阀的"双枪兵"，果然名不虚传。

鹦哥嘴战斗结束后，残敌后退20余公里，然后与从成都赶来的刘鼎基旅会合，在清江渡一带布防，罗乃琼师、万选青旅则把守通江城西南的得胜山，企图阻止我军继续向巴中推进。方面军总部根据敌情，决定以第十一师三十三团进攻得胜山之敌，三十二团从清江渡正面牵制敌人，以第十二师向敌后迂回。师部命令我们团选派小分队执行侦察任务，钟方荣副团长带领一个连的兵力，在当地群众的配合下，摸清了敌人的兵力部署和火力配置情况后，提出了从清江渡和得胜山之间的石门子突破敌人防线，迂回到清江渡后右垭口断敌退路的建议。师部同意了这个建议，并命令我们团担任突击任务。

那天早晨，全团集合在草坪上。交通排的同志抬了一张方桌放在队伍前面，团长许世友跳上方桌，指着石门子方向说："同志们！要打敌人吗？他们就在那边，怕不怕？""不怕！"全团发出震天动地的吼声。"好！不怕就跟我来！"许世友团长跳下方桌，带着全团出发了。

我们一个冲锋就突破了敌人的防线，守敌慌忙向巴中逃窜，我们立即向左猛插，袭占了右垭口，切断清江渡与巴中的联系，兄弟部队迅速占领了清江渡以南的关山寨、龙成寨等险要阵地，形成了对清江渡的三面包围。

李炜如见腹背受敌，急忙带部队向曾口场方向逃窜。当敌人行至龙成寨一带时，突然遭我师第三十五、三十六团的猛烈攻击。在我军追歼下，余敌急忙由曾口场渡巴河向巴中的万安场逃窜，慌忙中跌崖落水而死的甚多。

我军势如破竹，连战连捷，巴中成为一座孤城。1933

年 1 月 23 日晨，我们团作为师的前卫部队奉命向巴中挺进。守敌逃到平梁去了，我军不战而进占巴中，受到人民群众的热烈欢迎。有两个老乡跑到我们团部，说是代表巴中人民来欢迎红军的，指战员们不由得加快了步伐。当时，欢迎红军的鞭炮声响成一片，码头上排着许多扎着花的船只，我们整理队伍依次上船。刚上岸，群众就一拥而上，端茶送水，有的还给我们披红挂花，连马也被披上了红布。从码头到城里，到处是欢乐的人群，巴中沉浸在一片欢腾之中。

田颂尧见巴中失守，立即从后方调兵来反扑，疯狂叫嚣要"打下巴中过新年"。当敌人进至巴中城南的南龛山时，被我军击溃，我团乘势攻克平梁寨，将敌人赶过了距巴中约 25 公里的恩阳河。这时，第七十三师于 2 月 1 日解放南江城。南江解放前夕，占据县北部桃园寺的原杨森部旅长任玮璋，在共产党员张逸民等发动下，率部 2000 余人起义，开入南江地区，随即编为方面军独立师，配合第七十三师攻占了南江。

我军入川仅仅一个多月，就解放了通江、南江、巴中三座县城及大部分地区，迅速打开了局面，初步实现了进军川北的战略任务，川陕边革命根据地在战火中诞生了！

八月的桂花[*]

史群英

  1933 年夏天，我的家乡四川旺苍县史家坝来了红军。当时，我只是一个不满 11 岁的女娃娃。

  红军个个头戴八角帽，帽檐中间还缀着一个红布五角星，身穿深蓝色军服，腰上扎着皮带，腿上打着绑腿，身后背着一顶大斗笠，整整齐齐，很是威风。有的红军在村边的墙头上刷写大字标语，有的在帮助村民打扫院落，有的在给老乡家中担水……

  一天傍晚，村口的场院上响起了锣鼓声。我和幺叔端着饭碗，一边吃着饭一边去看热闹。乡亲们在场院上围了一个大圆圈，中间有几个红军女战士表演节目。一个十三四岁的小女兵头上扎着一朵红绸花，腰间系着一条很长的绿绸带子，双手各握着绸带的一端，一边扭着秧歌，一边欢快地唱

---

* 本文选自中国人民解放军文艺史料编辑部《中国人民解放军文艺史料选编·红军时期》（上、下册），解放军出版社 1986 年版，收录时做了适当修改。

着："八月桂花遍地开，鲜红的旗帜竖呀竖起来……一杆红旗飘在空中，红军队伍要呀要扩充。亲爱的工友们啊，亲爱的农友们啊，拿起刀枪都来当红军。"

我头一次听到这么好听的歌子。我一边听着，一边轻声跟着哼唱，端在手中的饭也忘了吃。

红军表演了四五个节目后，一位高个子中年人站出来向乡亲们讲起话。他说，红军是共产党领导的，共产党是为穷人谋幸福的，工农群众只有团结在共产党的周围，大家拧成一股绳，穷人才能过上好日子。最后，他号召乡亲们积极报名参加红军。

他的讲话说到了群众的心坎里。有的说："红军讲得好啊！句句话都说到我们穷人的心坎里去了。"村里有两个有名的"穷光蛋"，当即报名参加了红军。

天黑以后，红军告别了乡亲，列队回旺苍坝镇子上去了。红军走后，听大人们说这是红军一支宣传队。

晚上，我兴奋得久久不能入睡。红军小女宣传队员的英武形象，《八月桂花遍地开》的清脆歌声，在脑海中翻来覆去……

11 月 7 日，是我一生中最难忘的日子。

这一天，红军在旺苍坝召开军民大会，纪念苏联十月革命节十六周年和根据地中央政府成立两周年。我和幺叔一起参加了大会。会场上人山人海，非常热闹。开会前，红军宣传队还表演了很多好看的节目。

我穿着一身整洁的衣服，手举着一面用红纸做的三角小旗，站在少年先锋队的行列里，时而观看着台上台下女红军的举动，时而盘算着如何躲开幺叔，参加红军去。

散会时，我趁机挤在人群之中，紧跟在一个红军女战士的后边朝红军驻地走。女红军发现我老跟在她后边，便主动向我搭话："小鬼，你老跟着我干啥子？是不是想当红军？"

"就是的，就是的，您收下我吧！"

后来我才知道，这位女红军名叫严勇，是扩红宣传队的女兵班长。她把我带到红三十一军政治部，向张成同主任做了简短介绍，然后回去忙她的公务去了。

张主任不慌不忙地打量了我一下，然后慢条斯理地说："小鬼，你这么小的个头，连枪都背不动，到部队来能干啥子呀？"

"我可以当宣传队员！"从张主任的口气看，参加红军的事有点悬，我急忙答道。

"当宣传队员？你会唱歌、跳舞吗？"

"我会的。刚才开大会前，不是有女红军给我们少年先锋队教过歌吗？"

"是吗？"张主任爽朗地笑了，接着说："那你给我们大家表演一个节目好不好？"

由于参军心切，我也顾不得害羞，鼓起勇气，手舞足蹈地给在场的红军唱起《八月桂花遍地开》来了，不知是调门唱得不准还是别的什么缘故，没等我唱完就被红军的笑语声、南腔北调的议论声打断了。张主任见我执意不肯离去，就派警卫员把我送到了政治部扩红宣传队。

当时，正值刘湘纠集四川各路军阀部队向我川陕根据地发起"六路围攻"。我宣传队的主要任务是宣传群众、武装群众、扩大红军，口号是：猛力扩大红军，巩固和扩大川陕赤区，坚决打垮刘湘的"六路围攻"。

宣传队当时有三四十人，一半是女同志，年岁都不大。队下面又分几个班，我的班长恰好是严勇同志。女队员还有边程贤、张欣义、罗思婷等同志。队长30多岁，高高的个子，南方口音，言语不多，面额冷静，略显严峻，脸上好像还有几个麻子。听说他原先是个师政治部主任，在肃清"改组派"运动中受到牵连，张国焘把他撤了职，临时调来当队长的。但他工作兢兢业业，任劳任怨，为人忠厚，对待我们小宣传队员如同兄长一般。大家都亲切地称呼他为"高个子队长"，至于他的真名真姓，女宣传队员们则很少去过问。

我们常常分散到各村各户去做扩红宣传工作。每到一地，先敲锣打鼓，表演节目，把群众吸引过来。等人来多了，就发表讲演，宣传革命道理，讲军阀田颂尧、刘湘如何欺压百姓，讲共产党如何正确，讲参加红军的好处。然后，号召青少年自愿报名当红军，遇有报名参军的，当即就派人送政治部审查后编入部队。

我们表演的节目丰富多彩，有自编自演的，也有根据传统剧目、民间小调、山歌重新改编的，有小歌舞，也有顺口溜、快板书，形式多样，生动活泼。我记得当时经常表演的节目除了《八月桂花遍地开》以外，还有歌颂党的领导的自编歌曲《共产党真正确》，有歌颂徐向前总指挥的小调《划龙船》，歌词是："过去唱歌哟哟！苦情歌哟，嗨哟！滴滴眼泪，哎嗨哟！滚滚落哎，划着！今天唱歌哟哟！快乐歌哟，嗨哟！龙灯狮子，哎嗨哟！采莲船哟，划着！徐司令来了哟哟！喜连天哟，嗨哟！打倒地主，哎嗨哟！好分田呀，划着！"还有动员群众参军参战的顺口溜《问老王》："王老五，苦不苦？黄连加上苦瓜煮。今天你上哪里去？投奔红军打官府。官府衙门兵刀多，革命哪怕丢脑壳。打倒官府干什么？夺得江山人民坐。"有瓦解敌军的快板书《消灭刘湘三字经》："工农兵，来革命。当红军，救穷人。分土地，杀豪绅……刘湘狗，真祸根。整穷人，数不清。刘湘活，穷人死。刘湘死，穷人生。我红军，救穷人。打刘湘，除祸根……我工农，都团圆。有土地，有政权。不愁吃，不愁穿。享太平，乐安然。"

宣传队还把川陕省委、方面军政治部印发的宣传提纲、布告、传单、口号和红军胜利捷报等油印成小册子，发给每个宣传队员，供大家向群众宣讲。我记得有一份扩红传单，上面列举了参加红军的十大好处：（一）参加红军，分好田地；（二）参加红军，有人代耕；（三）参加红军，打帝国主义，不当亡国奴；（四）参加红军，打倒国民党，不当牛马；（五）参加红军，人人尊敬、拥护；（六）参加红军，

179

家属受优待；（七）参加红军，子子孙孙不出款子；（八）参加红军，保护穷人自己的利益；（九）参加红军，穿吃不愁；（十）参加红军，穷人坐天下。

这些通俗易懂、为群众喜闻乐见的宣传，当时收到了极好的效果。我们演出时台上台下心心相印，有的人边看边流泪，有的人和我们同声合唱红军歌曲，有的人则情不自禁呼喊着打倒军阀老财的口号；有很多贫苦农友看过我们的扩红宣传演出后，成了村苏维埃的积极活动分子，父母送儿女参军、妻子送丈夫参军的事例层出不穷。

宣传队还开展比赛活动，定期进行总结评比，对工作积极、思想进步、扩红成绩显著者，予以精神鼓励和物质奖励。有一段时间，我差不多每天都要扩大两三个红军，队上奖给了我笔记本、铅笔、钢笔、毛巾等。

1934年春，我川陕红军根据"收紧阵地，诱敌深入"的作战方针，给敌大量杀伤后主动撤出旺苍坝、巴中和木门等地。从这以后，我们宣传队常常是白天跟随部队行军，晚上宿营后又开展宣传活动。这段时间，在我们扩红宣传队最忙碌最辛苦的要算高个子队长了。行军中，他总是跑前奔后，帮这个扛枪，替那个背被包。部队宿营后，他又督促我们打热水洗脚，嘱咐我们用缝衣针挑脚上的血泡时一定要把针尖用火烧红，防止感染发炎。

当时，在女宣传队员中数我年纪最小，所以我常常是高个子队长在行军途中的重点照顾对象。从南江到通江的路上我发了高烧，高个子队长又是派人请医生，又是请老乡给我生火取暖、做病号饭，忙个不停。部队由巴中撤回南江的长途行军中，高个子队长亲自背着我行军，他一面背着我，还一面跑前奔后做鼓励工作，号召全体女队员下定决心，不怕疲劳，一个也不能掉队。

1935年初，红三十一军奉令西进，准备发起广（元）昭（化）战役。队长决定把我送到后方根据地去。从这以后，我就离开了扩红宣传队，离开了可敬可亲的高个子队长。长征到达陕北以后，我曾经在延安见过高个子队长一面，打那以后再也没有见到过他。

当我们的革命事业如同八月的桂花在祖国大地上遍地开放，鲜艳的五星红旗在三山五岳竖起来的时候，我又多方托人打听高个子队长的下落，希望能够捎去我的怀念与感激之情，但始终未能如愿。

每逢我漫步在天安门广场时，总要去瞻仰人民英雄纪念碑，端详那碑基上的英烈浮雕像，好像能在这群英像中找到我们扩红宣传队的高个子队长似的……

粉碎敌"三路围攻"前的战斗[*]

余洪远

  1933 年 1 月 21 日，四川各路军阀在蒋介石的连续电示下，以第二十九军军长田颂尧为川陕边区"剿匪"督办，调兵到川北，准备对川陕革命根据地发动进攻，企图一举歼灭红军或迫使红军退出川北。2 月 12 日，田颂尧以 38 个团近 6 万人，组成左、中、右三个纵队，分三路向革命根据地进行围攻。

  从红四方面军的情况看，战胜敌人有一定的优越条件：红军从鄂豫皖苏区来的老骨干多，英勇善战，远非川军可比；进入川北后，即构筑工事，实施战略展开，在思想上做好了对付敌人围攻的准备，部队也得到了必要的休整和补充；通南巴地区群众已经初步发动起来了，川北人民的革命性很强，群众对当地地形情况比较熟悉，积极支援我军，这

---

* 本文原标题为《收紧阵地 待机反攻——忆粉碎敌"三路围攻"前的战斗》，收录时做了适当修改。

是克敌制胜、粉碎敌人围攻的重要保证。

红四方面军总部根据敌我情况，以及川北地区山高路险、易守难攻的地形特点，决定采取收紧阵地的作战方针，以第七十三师第二一八团于南江东北碑坝地区监视陕南方面之敌；以七十三师师部率领 2 个团位于南江及其以西地区，第十一师师部率 2 个团位于南江西南木门、长池地区，共同对付敌左纵队；以第十二师位于巴中、曾口场、兰草渡地区，对付敌中央纵队和右纵队；并以第十一师 1 个团位于通江、巴山中间之要点得胜山，监视杨森部；第十师位于通江东北之洪口龙凤场、竹峪关一线，对付刘存厚部，掩护后方安全。此时，我方面军总部位于通江。

2 月 12 日，敌军 3 个纵队的先头部队开始对红军阵地进行袭击和侦察，并掩护其主力展开。18 日，敌 3 个纵队向巴河两侧发起全线进攻。

南江方面，我第七十三师、十一师依托险要阵地顽强抗击，将敌第五师 3 个团全部击溃。田颂尧见其主攻方向受挫，于 2 月 21 日重新调整部署，集中左纵队的全部兵力向长池猛扑。长池地势高、形势险要，红军于此凭险固守，敌我双方在此展开激战。红军集中兵力先击退敌第三路 3 个团的进攻，接着又击溃敌 6 个团的进攻。经 10 天激战，毙伤敌 5000 余人，在此大量消耗敌人有生力量之后，第十一师于 2 月 28 日主动放弃长池，有计划地转移到八庙垭地区。3 月 8 日，红军第十一师、七十三师各以主力一部进行反击，歼敌第一师第一旅一部和独立团大部，击毙敌独立团团长何济民和代理团长何柱，然后又主动撤出八庙垭。3月18日，敌合攻南江城，经8小时激战，红军给敌人严重杀伤后，主动撤出南江城，收紧阵地至贵民关、官路口、观光山、大明垭一线，做好坚固工事，继续阻击敌人。

巴中方面，第十二师主力在恩阳河一线阻击敌人，给敌人沉重的打击后，主动撤至巴中城外南坎坡，又乘敌疾进之际，突然向敌两侧猛烈反击，歼敌第三师一部1000余人。3月初，敌中央纵队第二师和右纵队第三师残部合攻巴中。为诱敌深入，红军于3月8日主动撤出巴中城，转移到清江渡附近杀牛坪，构筑坚固的工事待敌进攻。3月15日，敌右纵队李炜如部向得胜山进犯，被第十一师三十三团击退。3月16日，敌刘存厚川陕边防军向通江西南、得胜山、洪口、余家坪进攻，又被第三十三团和第十师击退。第二十军杨森一部向兰草渡进攻，被十二师击退。第十二师收紧阵地至清江渡一线。

从2月18日到3月18日，红军在第一次收紧阵地作战中，给敌人以有效的杀伤。敌人虽然占领了南江、巴中两县城，却付出了伤亡将近8000人的惨重代价，气焰顿减、士气大挫。红军主力则在北起贵民关，南沿官路口、观光山、麻石场、通江东、龙凤场、保台山、佛爷山、竹峪关、鸡子顶一线，占领了新的阵地，构筑坚固工事阻击敌人。

3月下旬至4月25日，战局呈现对峙状态。在此期间，敌人整顿、补充前线部队，准备发动新的进攻。我军积极准备反击敌人，加紧构筑工事，加强阵地建设，并开展冷枪杀敌运动。各部队还在地方游击队的配合下，不断夜袭敌人后方，弄得敌人惶惶不可终日。同时，结合前一阶段作战经验，开展战场练兵，加强思想政治工作和瓦解敌军工作；在根据地内部则进一步发动群众参军、参战，筹集粮食。为了加强后方警卫和便于集中主力，又成立了妇女独立营，配合主力部队作战。

敌人经过一个多月的整顿、补充和准备后，于4月26日又发起进攻。我军运用前段战斗经验，组织以短促火力和灵活机动的战术顽强地阻击和消耗敌人，创造了许多以少胜多的战例。当时我任巴中县委书记，率领地方独立团，配合第十二师第三十六团2个连，在杀牛坪英勇抗击敌人5个团的轮番攻击，激战三昼夜，毙伤敌人1500余人，坚守住了阵地；第三十五团1个连，以正面防守与侧击相结合的战术，于赵公寨击退敌人1个团的进攻；第十一师2个团在大明垭击退敌人8个团的进攻。

红四方面军为集中主力，诱敌再进，于4月29日主动撤出通江城，再次收紧阵地至平溪坝、鹰龙山、毛玉镇、鸡子顶、九子坡、竹峪关一线。红军两次收紧阵地，使田颂尧及其各级军官都错误地认为红军不堪重兵压迫，一退再退，已"溃不成军"，对红军再次展开全线进攻。5月中旬，敌左纵队进至空山坝地区，企图配合中央纵队、右纵队南北夹击，消灭红军于苦草坝地区。东面的川陕边防军刘存厚部也认为有机可乘，急以8个团的兵力抢占了竹峪关，威胁红军左侧背。

基于以上情况，我方面军总指挥部认为反攻时机已经成熟，决定首先歼灭入侵竹峪关之刘存厚部，解除后顾之忧，而后回师，消灭空山坝西南之敌。竹峪关位于通江和万源交界处，北邻陕南镇巴，三面环水，北靠大山，东南有佛爷山，西北有太平山，西有保台山，层峦叠嶂，易守难攻。我军作战部署是：以第七十三师于大、小骡马山及小坎子，抗击敌左纵队的进攻，遏止其攻势；以第十二师一部和第十师二十八团及独立师3个团和通江的涪阳坝独立团，继续坚守小通江河以东及鹰龙山、鸡子顶、药铺岭、红山堂、九子坡一线正面阵地，钳制敌中央纵队、右纵队。集中第十师、十一师和十二师主力，向竹峪关之敌刘存厚部反击，务期必胜。

5月14日夜，我第十师从洪口、龙凤场出发，第十一师主力从涪阳坝、新场坝出发，第十二师三十五团、三十六团从鸡子顶、鹰龙山等地出发，日夜兼程，奔向竹峪关。徐向前总指挥亲临前线部署由余家坪至董溪口之兵力：正面以第十师二十八团及第十一师2个团主攻保台山；第十二师位于竹峪关以北的朱垭庙、太平山一线，该师第三十六团在亭子庙潜伏待敌，断敌退路；以第十师1个团和地方独立团在决省坝向竹峪关正面阻击。为顺利突破保台山，主攻部队派小分队侦察，发现通向山顶的两条崎岖的小路均有敌人把守，其余地方为峭壁悬崖难以攀登。后来在当地群众指引下，发现距敌人主阵地只有十几米的山崖，上面长满降香藤，可供攀登。主攻部队第十一师组织精干突击队，在夜幕掩护下，登上山顶，潜伏下来。15 日凌晨，总攻开始，枪炮一齐开火，声震山谷，保台山守敌 4 个营在红军内外夹攻下惊慌四逃。接着，我军向鸡子顶攻击的独立团击溃守敌，并占领鸡子顶，使竹峪关敌军处于四面包围之中。

上午 7 点，徐向前总指挥命令所有部队向竹峪关发起总攻，一举将敌人压缩到竹峪关镇周围不到 1 公里地域内，随即集中迫击炮、重机枪、轻机枪火力，打得敌人如同热锅上的蚂蚁乱作一团。激战至 16 日，敌刘存厚部全线崩溃，退出竹峪关，红军乘胜追击 30 公里。

竹峪关反击战的胜利，给军阀刘存厚以沉重打击，消除了敌人对我军的翼侧威胁，为回师消灭空山坝地区之敌创造了非常有利的条件。

空山坝大捷

程世才

  红军的胜利和川陕革命根据地的初步形成,使四川的大大小小军阀和蒋介石大为震惊。于是,1933年2月12日,蒋介石委任的敌川陕边区"剿匪"督办田颂尧收集了38个团近6万人,组成左、中、右三个纵队,对红四方面军和初创的川陕革命根据地发起"三路围攻"。

  当时,我军约1.4万余人,敌人兵力超过了我三倍。红四方面军根据敌我情况和川北地区山高林密、谷深路险的地形特点,根据以往作战经验,决定采取"收紧阵地,积极防御"的作战方针,逐次阻击、袭击、消耗和疲惫敌人,使其被迫暂时停止了全线进攻。4月26日,敌人经过一个多月的调整补充,又向我军发动了猛烈的进攻。我军继续以少数兵力,依托险要地形和较好的工事,坚决顽强地阻击敌人,消耗敌人的有生力量。

  4月29日,方面军为了进一步诱敌再进,又主动撤出通

188

江，再次收紧阵地到平溪坝、鹰龙山、鸡子顶、九子坡一线。敌人认为红军"节节败退""溃不成军"，其左纵队集中了13个团继续向东猛扑，中纵队、右纵队向通江以北推进，企图以分进合击、南北夹击的战术，一举歼灭红军于苦草坝地区。到5月中旬，田颂尧的左纵队13个团已深入到川陕边界的空山坝西南地区。东面的敌人刘存厚部也认为有机可乘，急急忙忙于5月14日以8个团的兵力抢占了竹峪关、草坝场，威胁我军左翼。

敌人虽然来势汹汹，但一路连遭痛打，伤亡惨重，冒进到空山坝地区的左纵队13个团也被拖得疲惫不堪，补给困难，士气低落，又处于崇山峻岭、峪谷深沟之间，不但步步涉险，而且没有回旋余地。刚进入竹峪关地区之敌刘存厚部没有后继力量，战斗力较弱，且立足不稳、阵地不固。而我军在退守转移中以逸待劳，部队得到了休整，虽已退到了方圆不足百里的狭窄地区，但战绩大大缩短，主力已经全部集中，整个战场主动权在我们手中。在这样的态势下，方面军首长认为，发起反攻歼灭敌人的条件已基本成熟。于是，我军挥师东向，于5月15日占领竹峪关西北的保台山与佛爷山，16日刘存厚全线崩溃，退出竹峪关。我第十师、十一师乘胜追击敌人30余公里，毙伤俘敌近1000人，为歼灭空山坝之敌解除了翼侧威胁。

5月17日，方面军总部在空山坝召开了军事会议，决定立即集中主力，歼灭冒进至空山坝以南敌人左纵队的13个团。由倪志亮、李先念率第十一师由空山坝以北向敌左侧迂回，切断敌人退路；何畏、甘元景率第十二师主力由空山坝以东及长坪地区进攻敌右翼；由王树声、张广才率第七十三师仍坚守大骡马、小骡马及小坎子等阵地，伺机转为正面进攻。

5月20日凌晨2点，十一师李先念政委命令我们三十三团向空山坝西南十多公里远的余家湾方向行动，并且要我连夜赶到方面军总部空山坝，接受紧急任务。当时，我是三十三团的团长兼政治委员。当我赶到时，已经是鸡叫头遍的时辰，但徐向前总指挥还没有休息，他在窄小的屋里踱来踱去，一会儿吸着旱烟，一会儿看看墙上挂着的军用地图，一会儿向大家了解部队的情况，一会儿又静静地沉思着。凌晨5点，会议开始，徐总指挥首先讲了当前敌我态势，强调指出消灭空山坝之敌是粉碎敌人围攻的决定性一仗，接着又讲了反攻作战的部署调整。其间，徐总指挥出去接了一个紧急电话，回来后他对大家说："刚才，七十三师指挥所来电话说，敌人仍采用人海战术，攻击我小坎子阵地，我军伤亡不小。但小坎子是通向空山坝的咽喉，万一丢失，就会影响全线反攻。因此，我已命令他们，要不惜任何代价，坚持到反攻开始。"决定将原定的行动计划提前到翌日拂晓开始实施。

受领任务后，上午10点，我带领各营干部和主攻连的有关同志，来到了余家湾山头阵地侦察敌情，决定从山林间开辟一条通路，在敌防守薄弱的翼侧进行攻击，然后从中间将敌人拦腰斩为两段，更好地配合主力展开大反攻。于是我们把一营、二营分成左、右两路，互相间隔300米左右，从林中伐木开路，担任团的主攻任务，三营为团的预备队。午后，天气骤变，天空乌云翻滚，霎时电光闪闪、雷声隆隆，倾盆大雨从天而降，立时条条山沟洪水倾泻，给我们的行动带来极大的困难。我急忙带着参谋奔向一营，看到战士们正在风雨里不顾手脚被扎伤、脸被划破，忍受着饥饿和疲劳伐木开路。有的同志还风趣地说："老天爷看见我们热，就给我们来个冷水淋浴。"天色渐渐暗了下来，雨还在不停地下着，同志们一直没有休息，在伸手不见五指的黑夜里争分夺秒地开辟通路，新开的路不断向前伸展着，距敌前沿越来越近，二营离敌人只有200米左右了，对面敌人说话的声音都可以听得见。指战员们就这样在夜幕、林嶂、雨帘的掩护下，机警而紧张地突击着最后一段路程，直到最后完成了任务。我向上级首长汇报了战斗准备情况，并请示在21日凌晨4点发起攻击，当即得到批准。随后，我们在新开的路上，再一次给同志们做了战斗前的动员。此时，敌人阵地上手电晃来晃去，并不时打几枪冷枪给自己壮胆。他们哪里知道，已经被红军布下的罗网罩住了。

凌晨4点，总攻开始了！一营的勇士们在营长林英剑率领下，以迅速敏捷的动作，穿过前沿的密林向敌人冲去，枪声、炮声、手榴弹爆炸声、冲杀呐喊声响彻了整个余家湾。敌人在我军突然打击下惊慌失措乱作一团，有的提着裤子乱跑乱叫，有的拿着枪不分东西南北乱放一气。就这样两个营的敌人在我军突如其来的猛烈打击下，死的死、伤的伤，剩下的敌人全部缴械投降。另外一个营的敌人匆忙收集力量编好战斗队形，顺着山坡向正与敌人冲杀的我一营扑来。就在这关键时刻，二营营长刘世模率领部队从一营右侧迅速插过来，拦住该敌，经一阵拼杀，敌人大部被消灭，余敌狼狈逃走。

战斗在激烈而顺利地进行着，我们的部队已经冲到了敌人的旅指挥所附近。这时，师政委李先念带着几个人从后面山坡上下来了，他遍身是泥水，满头大汗，没顾得休息，就举起望远镜观察战场情况。看完后，李政委高兴地对我们说："你们三十三团打得很好，打得猛。要一鼓作气，把前面敌人这个旅消灭掉！"首长的鼓励，使我们的战斗情绪更加高涨。

我们以密集火力将敌人压缩在窄小的山沟里，敌人惊马乱奔，散兵乱窜，人马相撞，乱成一团。敌人龟缩到旅部所在的一座高墙大院里，以猛烈的机枪阻止我军前进。这时，一营长林英剑双目圆瞪，大喊一声："手榴弹！"喊声未落，只见一个战士一个箭步跃了出去，飞速冲向敌人。突然，他倒在地上一动不动，大家焦急地望着他，为他担心，以为他也牺牲了。猛然间，他又快速地向前爬去，当离院墙只一两米时，突然纵身跃起，把手榴弹抛向敌人。"轰"的一声巨响，火花飞溅，硝烟四起，林营长率领突击队从烟幕中冲了进去。

我军占领了敌旅部，歼敌一个团，一下子打乱了敌人的阵脚。敌人为做垂死挣扎，把东山的一个多团的兵力除留少数守阵地外都调了过来，向我团冲击。我命令部队立即迎头痛击，几个反冲击，我团冲上了山，与敌人展开了白刃格斗，敌人拼命挣扎了一阵后，抵挡不住向后溃退。

太阳偏西的时候，残敌全部溃退到北山河边。这里，暴雨过后的山洪从四面八方汇涌到河里，敌人面对咆哮的河水前进不得、后退不能，一个个急得如丧家之犬，有的扔掉武器，有的丢弃骡马，你呼我叫，争相逃命。我军占据有利地形，以猛烈火力打击溃乱之敌，战士们争先恐后如猛虎下山，势不可挡，敌军有的被击毙，有的被河水冲走，从水里到岸边到处是敌人的尸体。

徐向前总指挥涉过激流，来到了前线，了解了部队情况后，他立即指示我们，派出一部分兵力控制两路口，堵住左翼敌人的退路，并要求和友邻部队取得联系，协同行动，务必全歼敌军。

根据徐总的指示，我命令三营营长王志凯率部火速占领两路口，消灭了敌人约一个营，堵住了敌人的退路。这时，我军各部队已在全线各个战场围歼敌人，和敌人展开了激烈战斗。敌人为了掩护其残部退却，向木门方向调来一个旅，企图阻止我军前进，上级命令我三十三团立即消灭这股敌人。接到命令后，我们昼夜兼程，向木门推进。5月25日上午，我们来到了木门以南5公里的青龙寨，马上构筑了掩体、工事，把重机枪架在险要的隘口，立即做好战斗准备，待命迎击敌人。下午2点左右，当敌人进入我伏击圈后，我一营重机枪首先开火，接着轻机枪、步枪一齐向敌射击，一排排手榴弹在敌群中开花，将前面的敌人打得晕头转向，二营、三营从敌人右侧出击，经过两个小时激战，消灭了敌人前卫团。其他部队在空山坝以南的余家湾、柳林坝地区经三昼夜激战，全歼敌人7个团、击溃敌人6个团。

其间，群众争相给红军带路，追击歼敌。有个十二三岁的小孩跑来对我说："我过去在这里给地主家放羊，这一带的每一座山头我都去过，我给你们带路吧?"我摸着他的头说："你不怕打仗吗?"他瞪着大眼睛说："红军叔叔打敌军，我不怕!"

我们在追击过程中看见有两个敌军军官骑着马往前跑，马后面还跟着两顶轿子，还有只小狗在轿前跑来跑去。一群士兵跟在后面，背着沉重的行囊，有的还用枪挑着行李物品，吃力地向前跑着。敌军军官大声呵斥着，不断催促这些士兵快跑。他们哪里知道已经进入了红军的"口袋"里。这股敌军也乖乖地做了俘虏。

空山坝大捷，使敌左纵队遭到惨败，其他各路敌人则仓皇后退，全线崩溃。红军各部乘胜猛追，收复南江、通江、巴中，直逼仪陇，历时 4 个月的反"三路围攻"作战胜利结束。

攻克仪陇[*]

许世友

    1933 年 6 月，田颂尧在对红四方面军和川陕革命根据地"三路围攻"失败后，将其部队大部撤至嘉陵江以西，以李炜如部 4 个团布防于仪陇地区，以掩护其主力部队休整补充。方面军总部命令我们第九军扫清退守仪陇、南部地区的敌人，使根据地向西扩大到嘉陵江岸；同时夺取南部县境内的盐井，以解决根据地军民缺乏食盐的严重困难。

    8 月 12 日，我军分头向仪陇进发。时值盛夏，酷暑蒸腾，太阳像只火盆似的挂在头顶上，烤得人大汗淋漓，口干舌燥。攻取仪陇是一场硬仗。虽然在士气上，我是胜利之师，敌已成惊弓之鸟，但敌人有山可守，有险可依，在悬崖绝壁上修筑了大批的工事，这是我军夺取胜利的严重障碍。

---

    * 本文选自《许世友回忆录》，解放军出版社 1986 年版，原标题为《首战仪陇》，收录时做了适当修改。

我和第七十四团团长潘幼卿并马而行，一边走，一边议论着，怎样才能以小的代价突破敌人的坚固设防呢。突然，一阵激烈的枪声打断了我们的谈话，前卫报告："在尹家铺发现敌人！"

　　"打掉它！"我毫不犹豫地下达了命令。

　　"跟我来！"潘幼卿跳下战马，带领部队向敌人冲去。

　　经过一个小时的激战，歼敌200余人，俘敌数十人，余敌败逃。经询问俘虏，原来是李炜如的一个团准备在巴中、仪陇之间布防，未及展开即被我军击溃。我们乘胜追击，进抵兴隆西北的外围据点百胜背。

　　此时，第七十五团在师政委陈海松和团长韩东山的率领下，正在兴隆外围的五颗石、文家梁、大包梁、彭家寨一线与敌激战。担任该地防守的敌第三十一团团长黄志询率部依险顽抗。我七十五团多次攻击未遂，而且有了一些伤亡。根据这些情况，我们决定以第七十五团的1个营佯攻兴隆东北的外围据点，其他2个营和第七十四团向百胜背突击。

　　百胜背地形险要，山上筑有数道环形工事，敌一个营据险死守，我们在正面几次进攻，都因敌人火力太猛没有成功。我们认真地分析了几次受挫的情况，认为从正面进攻一时难以奏效，即使攻上去也要付出很大的代价。如果能绕过百胜背，直插敌人的纵深，就可以赢得时间，直接威胁敌人的中心据点，而且百胜背之敌失去后方依靠，必然不战而逃，这样将会减少很多不必要的伤亡。

于是，我命令部队休息待命，派侦察连摸清百胜背侧后的情况和迂回的路线。不久，侦察连的同志带着一个青年农民来到师部，他是一个石匠，熟悉当地地形，自愿为我们带路。第二天拂晓，我们以少数兵力在正面虚张声势佯攻诱敌，以大部兵力由石匠带路，突然猛击百胜背右后之三堆石，一举突破敌人的防线，并袭占了百胜背后方的观紫场。守敌因后路被断，急忙夺路败逃；我们尾追溃敌，先后将兴隆、中坝、回龙等地分别包围，并以一部向西南迂回，包围了仪陇、南部边界的土门铺，切断了仪陇之敌逃往南部的去路。

在我右翼部队连战皆捷的同时，左翼第二十七师连克福临、大风、来仪等地，并相继包围了日兴、凤仪、太平等据点。至此，仪陇县城四周的外围据点，全部被我军分割包围。

我左右两翼部队，一面进行攻坚作战准备，一面组织小分队进行夜袭活动，不间断地消耗与疲惫敌人。经过一周左右的连续战斗，基本肃清了仪陇的外围据点，歼敌一个多团。我们在俘虏中查出了一个营长，当即进行了审问："城里有多少兵力？""报告长官！有一个团，我们有些兄弟也逃进去了。"而且得知李炜如因害怕而请假离防了，敌旅长刘鼎基也不在，守城部队由第三十二团团长汪潮濂指挥。我们立即研究了当前敌情，决定集中第七十四团、七十五团和八十一团围攻县城。

仪陇县城坐落在半山腰上，城墙高筑，碉堡密布，由北门而上，就是海拔 600 多米的金城寨，易守难攻，是有名的天险。8 月 22 日，当我军向县城进攻时，敌人依托有利地形和坚固工事，以山炮、轻重机枪和步枪组成好几道火网，封锁了每一条通道，我军与敌人激战一天未能得手。晚上 8 点多，我正在师部附近的一条小路上踱步，苦苦地思索着明天的战斗，通信员跑来说："地下党派人来了，政委请你回去。"回到师部，只见一个 30 岁左右个子很高的陌生人，正在和陈海松促膝而谈。

　　"副军长，他是朱总司令的弟弟，给我们送宝来啦！"陈海松介绍说。我不由得一怔，还没等我开口，老朱就拉着我的手说："听说红军打仪陇碰到了困难，组织上就叫我画一张图送给你们，不知道有没有用处。"陈海松把一张很薄的白纸递到我手里。我铺开一看，是一张《仪陇城要图》，虽然画得不够正规，但是非常详细。

　　真是太好了！对于一个军事指挥员来说，一张准确无误的地图，就是无声的作战"参谋"。我立刻对着地图沉思起来。过了一会儿，我指着地图问老朱："山的北面肯定没有路吗？""能不能爬上去？"

　　"没路，但能爬上去！"老朱回答得很干脆。他又说："山上看样子人不多，敌人大多在城里。"

　　当我了解到这些情况以后，就向师部机关的几位同志谈了自己的设想："我们原来决定先攻打东、南、西三个方向，主要是考虑到这些地方的地形比北面好些，今天一天的战斗说明，敌人防守的重点也是这三个方向，他们对北面比较放心，因为是天险嘛！估计金城寨的兵力不多，我想派一支部队出其不意地偷袭金城寨。如果我们占领了金城寨，仪陇就可以唾手而得了。”

陈海松兴奋地说：“敌人想不到我们会走这一着险棋。为了掩护偷袭部队的行动，我们还可以先在其他方向佯攻，把敌人的注意力吸引过来！”

我们连夜召开作战会议，调整了部署。陈海松特地向三位团长说：“告诉同志们，仪陇是朱总司令的家乡，我们要打下仪陇，向朱总司令报喜！”深夜，韩东山带领第七十五团，由老朱带路，开始向金城寨侧后迂回。我正面部队抓住时机向守敌发起佯攻，不久，从金城寨后面传来了密集的枪声，我七十五团的勇士们攀崖附葛而上，一举攻入金城寨内，然后尾追溃敌，从北门突入仪陇城内。我正面部队抓住时机迅速发起冲锋，相继突破敌阵，向城内猛插。仪陇终于被我军攻克了！

我军攻克仪陇后，由王学礼率 1 个团留守，我率 3 个团进攻南部之敌。当天上午，我和陈海松率第七十四团、七十五团、八十一团向南部挺进。

田颂尧见仪陇失守，慌忙调整兵力，以嘉陵江天险为依托建立新的防线，防止我军渡江。同时命令第一游击司令马祖援、第二游击司令于国柱、第三游击司令马骥北，各率数百人分驻南部县各区游击，又令曾宪栋师廖刚旅为预备队，随时准备支援游击部队，企图阻止我军夺取南部。

我们采取的战术是：迂回包围，分进合击。我军分两路向南部进击，第八十一团占领了仪陇、南部边境的长平山，击溃了守敌第三游击队；第七十四团和第七十五团在仪陇、阆中交界处的太阳山歼灭了敌赵索夫民团和部分正规部队，进而占领了阆中县的玉台场。我三路部队协同作战，将敌2个团全部击溃，然后尾追逃敌，从阆中的伏垭庙进入南部，在大佛寺歼灭敌徐子辉民团，然后向南、向西猛烈扩展，进占了盛产食盐的洪山、三合、碑院地区，占盐井90余口，缴盐十余万斤。大批盐井的占领，对于保障军民的食盐供应、打破敌人的经济封锁，具有重要意义。当时，根据地内食盐奇缺，有的农民甚至终年吃不到一粒盐。当我们占领了盐井时，那种兴奋的心情难以形容，真比发现了神话中的宝窟还高兴。

我们留下一些部队，在地方党组织的配合下，发动盐井职工继续生产，并大力组织食盐的收购工作，动员当地群众向根据地后方运输。而后，分兵打击南部境内的残敌，先后攻克了楠木场、火烽山、红寺观等险要据点。9月初，我军又南下占领了嘉陵江边的新政坝。至此，我军解放了仪陇县全境和南部县的嘉陵江以东地区，胜利完成了仪南战役的任务。

仪南战役的胜利，与当地党组织、游击队和人民群众的支援是分不开的。特别是朱总司令弟弟送图这件事，给我留下了深刻的印象。在红一、红四方面军会师后的长征路上，我还向朱总司令谈起这些事。老朱同志那精干的身影，一直留在我的记忆中。

跃马营山[*]

许世友

仪南战役以后，川陕根据地已发展到仪陇以南地区。这时，杨森第二十军盘踞的玉山场、鼎山场，突出于仪陇和江口之间，像一个拳头抵在根据地的胸部，成为巩固和扩大根据地的严重障碍。方面军总部在仪南战役结束后，决定进行营渠战役，解除这一威胁，向南发展根据地。

杨森第二十军辖6个混成旅，加上手枪团、宪兵团等部队，共22个团2万余人，由北而南实行纵深梯次配置。方面军决定以位于巴中地区的第三十军主力从正面由北向南，以第九军二十五师由仪陇地区向东，第四军十一师由巴中东南之江口地区向西，首先消灭突出于北岸的玉山场、鼎山场之敌，尔后向南发展，突破敌人纵深防御，相机歼其主力。

川北9月，已经进入秋雨绵绵的雨季。1933年9月22

---

* 本文选自《许世友回忆录》，解放军出版社1986年版，收录时做了适当修改。

日夜，我二十五师七十三团在刘理运团长率领下冒雨出发，穿过荒僻的山径小路，秘密插入玉山场、鼎山场侧后。次日拂晓，攻占了险要阵地龙背场，歼灭守敌1个营。我带领第七十四团、七十五团攻占了马鞍场，将当地反动地主武装1000余人大部歼灭。同时，第三十军由正面逼近玉山场，第四军十一师以两翼迂回的动作，将鼎山场守敌1个团压缩包围。次日上午，当我们赶到六合场、瓦子场地区时，玉山场之敌已在第三十军的强大压力下向南溃逃。

我们立即和第三十军一道，奋起猛追。这时，雨下得很大，雨点打得人睁不开眼睛，雨水顺着脖子直往下灌。我们已经两天两夜没睡觉了，人困马乏，饥肠辘辘，但战士们咬紧牙关勒紧裤带，在泥泞的山路上飞速前进，追得敌人溃不成军，无法抵抗。在敌人经过的道路上，到处是伤兵和遗弃的枪支、弹药、衣服等，有的敌军跑不动了，就躺在路边的泥水里装死。

战士们边走边喊："一天一百一，赶快追逃敌！""一天一百三，明天打营山！""大烟鬼子跑不动啦，大家加油追啊！"口号声震天，战士们士气高昂。

我们日夜兼程，于第二天上午追到太蓬山、马深溪附近，将南逃之敌第二混成旅残部截住，残敌企图凭险据守，被全部击溃，余敌纷纷向营山方向逃窜。此时，敌军阵势已乱，方面军即令第三十军向东南敌纵深发展，第四军十一师在歼灭鼎山场之敌后向东南挺进，配合第三十军发起进攻。

在东南方向，敌夏炯第一混成旅和杨汉忠第五混成旅在巴中、营山、渠县交界的佛楼寺、凤凰山、三汇场防守。29日夜，第三十军主力穿山越岭迅猛突进，于拂晓前向佛楼寺之敌发起突然攻击，一举将敌第十四团、第二团全歼，敌第十四团团长程栋梁被当场击毙，第二团团长雍寿康当了俘虏。9月30日，第四军十一师攻占了佛楼寺东边的石桥河，随即挥戈南下，逼近渠县近郊。第三十军一部亦转师西进，协同我师向营山进攻。

杨森见前线溃败，营山吃紧，深恐老巢有失，急令第三混成旅驰援营山，第五混成旅向营山集中，并在营山东北方向的天池场、通天场、大庙场一线占领险要阵地，构成一道拦阻我军前进的防线。其中，敌第二混成旅两个团和第四混成旅1个团防守通天场一带，在玉皇宫、通天场构设了7道防御工事。第三混成旅3个团防守大庙场、南岳山一带，在险要地形上构筑工事，设置交叉火力点。第五混成旅用另2个团位于营山，作为机动力量。敌防守的重点放在玉皇宫、通天场、南岳山，三点成鼎足之势，形成一个可以互相支援的防御枢纽。敌人狂妄宣称：营山防线，固若金汤，不可逾越。

我们决定集中兵力，逐点歼灭敌人。10月2日夜，大雨滂沱，天黑如漆，我军担任奇袭任务的第七十三团和七十五团，分两路向玉皇宫侧后迂回。我在指挥所里，焦急地等待着玉皇宫方向的枪声。此时仿佛时间过得特别地慢，我一动不动地站在窗口边，仔细地辨别着雨夜中的各种声音。但是除了哗哗的雨声以外，听不到其他的声响。我们和前方部队之间没有联络工具，不知道他们战斗的情况，但我相信他们一定能出色地完成任务。

深夜 12 点整，从玉皇宫后面传来了激烈的枪声，指挥所里一片欢呼，我军正面部队立即一齐开火，激烈的枪炮声震荡着营山的夜空。在敌军正高枕无忧蒙头大睡时，我第七十三团和七十五团悄悄绕到敌人后方，出其不意突然猛击，迅速占领了玉皇宫，立即向通天场猛插，连续攻破 7 道工事，打得敌人溃不成军。

玉皇宫战斗结束后，南岳山、大庙场之敌已成孤立状态。我军一鼓作气，于拂晓时向南岳山之敌发起进攻。我带领第七十五团直插新店子，这里位于大庙场与营山之间的仪陇河对岸，河上有一座浮桥，是敌人南逃的唯一退路，也是我进攻营山的必经之地。我们赶到仪陇河边时，一部分逃敌已经占领了对岸，并用火力控制了浮桥。当时情况下，光凭火力不可能大量杀伤躲在河堤后面的敌人。如果组织部队硬打硬冲，那就要付出很大的代价。我叫战士们向敌人喊话："你们缴枪吧，红军优待俘虏！"敌人以为有险可守，把我们的话当成了耳边风。一个敌军官得意忘形地伸着脖子喊："老子缴枪了，你们过来拿吧！""叭"的一声，敌军官刚要把头缩下去，被我们的战士一枪击毙。"冲啊！"战士们一跃而起，扑向浮桥，当敌人清醒过来时，同志们已经冲上了

206

浮桥，眨眼之间，就将守敌全部击溃。

过了仪陇河，我叫潘幼卿团长给各营部署任务，以 1 个营把守浮桥，1 个营进至新店子向营山方向警戒，另 1 个营就地休息。这时，风停雨止，时已中午，战士们都还没有吃饭，赶紧趁这段时间吃饭。大家从干粮袋中掏出被雨水泡涨了的苞谷和炒米，津津有味地吃了起来。我们刚吃了几分钟，从南岳山、大庙场溃败下来的敌人就蜂拥而至，战士们立即拿起武器投入了战斗。

我们守住浮桥，打退了逃敌的多次攻击。营山防线土崩瓦解，敌军主力相继被歼，我军以很小的代价取得了歼敌 2000 余人的重大胜利。

我们和第七十三团、七十五团会合后，立即向营山进发。守敌闻风丧胆，弃城而逃。当晚，我们占领了营山县城。城内群众纷纷走上街头，打着灯笼火把，欢迎红军。

营渠战役历时 15 天，歼敌 3000 余人。杨森受此打击，极度恐慌，准备放弃渠县、广安、岳池，退守南充、蓬安。刘湘考虑到杨森部如果退守嘉陵江西岸，自己的防区就要受到直接威胁，于是急调其第三师王陵基部两个旅进至渠县东北的三汇镇，调第四师范绍增部布防于大竹，另一部由合川趋武胜，准备配合杨森阻止我军继续深入。但此时我军已集中主力向东发展，投入了新的战斗。

会师宣汉[*]

许世友

  1933 年 10 月上旬，营渠战役刚刚结束，方面军总部命令我们第二十五师回师通江，准备参加宣（汉）达（县）战役，打击刘存厚的军阀部队。

  在得胜山，方面军总部召开了各军领导干部会议，研究了宣达战役计划，并介绍了刘存厚的情况。刘存厚老朽昏庸，自封为"川陕边防军"，还挂着北洋军阀时期吴佩孚的五色国旗。他霸占着万源、宣汉、达县、城口等地，在此经营多年，横征暴敛，盘剥百姓，老百姓骂他"刘厚脸"，送他个外号"刘瘟牛"。我军入川后，蒋介石为拉拢刘存厚充当"剿共"走卒，于 1933 年 5 月封他为第二十三军军长，他的军队有 2 个师、1 个路和 1 个独立旅，共 15 个团，近两万人。为了防御我军进攻，此次他以 13 个团部署在东北起

  * 本文选自《许世友回忆录》，解放军出版社 1986 年版，收录时做了适当修改。

万源、西南至巴河长达 150 公里的防线上，其部署特点是一线配置，纵深薄弱，兵力分散，后方空虚。

方面军总部根据敌人单线配置的情况，决定以主要兵力实行中央突破，直插敌人的后方，并在两翼实行辅助进攻。具体部署是：中路以第三十军八十八师及八十九师 1 个团为第一梯队，第九军二十五师为第二梯队，由通江城以南地区经刘坪向以土地堡为中心的敌第一师阵地实施突破，得手后向宣汉、达县发展；左路以第四军十师及十二师 1 个团，由洪口场、龙凤场地区向以草坝场为中心的敌第二师阵地进攻，得手后向罗文坝、毛坝场发展，并相机占领万源城；右路是第四军十一师，由江口附近东渡巴河向江陵溪和达县县城方向进攻，并协助中路兜抄可能南逃之敌。

为了争取战役发起的突然性，方面军总部命令第三十一军全部、第九军和第三十军各一部，在西线沿嘉陵江积极佯动。同时，我主力部队利用根据地良好的群众条件，隐蔽地调整部署，秘密集结于东线。

10 月 16 日夜，担任第一梯队任务的第三十军部队，神不知鬼不觉地出发了。拂晓时，就攻下了土地堡、麻石口、凤凰场，搞掉敌人 1 个团。当天上午，我们二十五师投入战斗，下午占领了邱家堡、马渡关等地，击溃守敌第五团。刘存厚的"一字长蛇阵"，被我们拦腰切下来一段。残敌像大水冲了蚂蚁窝一样，乱糟糟的，一刻不停地向宣汉、达县方向逃窜。

我二十五师3个团和第三十军4个团，沿着通向宣汉、达县的大道长驱直入，一口气跑了50多公里，追得敌人来不及组织抵抗，便土崩瓦解。18日，我们二十五师占领了通往宣汉路上的隘口场、双河场，第三十军部队占领了达县以北的双庙场，随即分别向宣汉、达县猛扑。19日下午，我们二十五师一举攻下宣汉城北要点板凳垭和尖子山，俘虏了大批敌人，城内守敌弃城东逃，宣汉遂告解放。

　　我们进城以后，立即分兵发动群众，配合川陕省委的前敌工作团，建立各级党政组织和群众武装。宣汉、达县一带，是王维舟同志领导的川东游击军的活动区域，党在人民中有很高的威信。我军所到之处，群众热烈欢迎，革命热情很高，只要把"新兵报名处"的牌子一挂，立即就有许多人跑来报名。

　　第三十军部队在我们解放宣汉那天，占领了达县县城北15公里的罗江口。次日黄昏，他们以一部佯攻城北的凤凰山，另一部则利用夜暗，直接从宣达大道偷袭达县县城，城内守敌1个团大部被歼，凤凰山守敌1个团也在夹击中被歼。刘存厚经营多年的兵工厂、被服厂、造币厂的全套设备，也都成为我军的战利品。据说，刘存厚在宣达战役开始时，还以为我军主力仍在嘉陵江沿岸，土地堡、马渡关等地被我军攻占时，仍以为是川东游击军"骚扰"。当我军突入达县城门时，刘存厚还在饮酒作乐，惊闻我军入城，急忙带着他的家眷细软和随身马弁"涕泣而出"，"城门拥挤，银箱跌落，街道遍地银圆，不暇俯拾而去"。其狼狈之相由此可见一斑。

在我中路部队向土地堡攻击的同时，左路的第四军部队向敌防线北段发起进攻，连克镇龙关、石窝场、草坝场。万源守敌第三路廖雨辰等部 5 个团见势不妙，弃城向南撤退。第四军主力跟踪追击，直至宣汉以东地区；另一部则乘胜东进，于 21 日占领万源。

10 月 27 日上午，我奉命前往方面军总部，和徐向前总指挥一起会见了川东游击军代表王波。他向我们介绍说："从宣汉、万源逃出来的敌人约 8 个团，退至宣汉以东的南坝场地区，被我们游击军和当地群众困扰了六七天。由于我们兵力不足，难以将敌人消灭，王维舟总指挥派我来求援。"徐总指挥就要我率第七十三团和第四军的第二十八团前往增援，当天下午我们从宣汉城出发，向南坝场前进。

沿途群众听说红军来了，从四面八方拥来欢迎我们，大路两边站满了男女老少，本来就不宽的路面，不时被越来越多的人群堵塞，老人们拉着战士们的手问寒问暖，姑娘们含着羞涩的微笑给战士们端茶送水，小伙子围着战士们转来转去，有的干脆插进队伍里要求参军。在老根据地时，成千上万的群众运粮草、抬伤兵、搬运战利品，支援我们作战；现在在新区，人民又这样欢迎我们，怎能不叫人深受感动、斗志倍增呢？

忽然，一个中年男人领着几个妇女出现在队伍前面，捧着一个大包袱说："首长，这是 5000 块帕子，表表我们百姓对红军的一点心意！"我急忙走上前去，接过包袱一看，只见一块块崭新的手帕上用红线绣着"努力奋斗""红军万岁"等字样。我的心头一热，大声地对周围的群众说："乡亲们，我们红军保证多打胜仗，叫大家都过上好日子！"

到了南坝场附近的下八庙镇，中共川东军委书记、川东游击军总指挥王维舟率部迎接。"早就听说你的大名了，真是相见恨晚呀！"我握着他的手说。"有你们主力红军撑腰，往后我们的日子就好过喽。"王维舟操着浓重的四川口音说。这是一个值得纪念的时刻，红四方面军与川东游击军的胜利会师，在红四方面军和川陕人民的斗争史上都具有重要的意义。

在川东游击军总指挥部里，我和王维舟一起研究敌情，确定了战斗方案。当天晚上，两支兄弟部队欢聚一堂共进晚餐。我和游击军的几位负责同志，还有当地的几位长者坐在一起，大家回顾过去的战斗历程，展望未来的美好前景，越谈越高兴，那几位老人都高兴得喝醉了。

晚饭后，我们和游击军一起在当地群众配合下，兵分三路向南坝场之敌发起攻击，激战一夜，将敌 8 个团全部击溃，并抓了 500 多个俘虏。战斗结束后，我们将缴获的武器弹药全部送给了王维舟部。

11 月 2 日，红四方面军在宣汉西门外大操场，举行 4 万多军民参加的祝捷大会。会上，宣布川东游击军正式改编为红四方面军第三十三军，王维舟任军长，杨克明任政委。

至此，历时两个半月的三次进攻战役即仪南、营渠、宣达战役胜利结束，我军共歼敌两万余人，解放了仪陇、营山、宣汉、达县、万源 5 座县城，开辟了大片新区，这一巨大胜利，为川陕根据地军民粉碎敌人新的进攻，创造了更加有利的条件。根据地总面积达 4.2 万平方公里、人口约 500 万，红四方面军部队发展到 5 个军、15 个师、44 个团共 8 万余人，创造了川陕根据地的全盛局面。

毛泽东曾对此给予很高的评价，他在《中华苏维埃共和国中央执行委员会与人民委员会对第二次全国苏维埃代表大会的报告》中指出："川陕苏区是中华苏维埃共和国的第二个大区域，……川陕苏区是扬子江南北两岸和中国南北两部间苏维埃革命发展的桥梁，川陕苏区在争取苏维埃新中国伟大战斗中具有巨大的作用和意义。"

反"六路围攻"*

张才千

1933 年 10 月，四川"剿匪"总司令刘湘纠集了 140 多个团，约 20 万人的兵力，分六路对川陕苏区发动围攻。

面对强敌围攻，徐向前总指挥主张红军应当停止进攻，适时转入战略防御，先避开不利条件下的决战，而后在积极防御中创造条件，寻求有利条件下的决战。但是，张国焘却认为，红军入川后节节胜利，敌人已不堪一击，主张"不停顿地进攻"。11 月 1 日，方面军主力在开县城西杨柳关、开江城北永兴场一带，与首先投入围攻的敌先头部队刘湘第五路第三师、第四师和刘邦俊第六路第一师遭遇，敌后续部队也源源赶到，红军只得以疲劳之师迎战锐气正盛的敌 20 余个团，处境十分不利。在这种情况下，张国焘才不得不同意停止进攻，转入防御。

---

* 本文原标题为《回忆反"六路围攻"》，收录时做了适当修改。

根据敌我态势，方面军总指挥部研究决定，采取"收紧阵地，诱敌深入"的作战方针，以运动防御大量消耗敌人，在条件成熟时实施反击，各个击破。

　　我军决定采取东西两线作战，兵力部署是：以东线为主要方向，集中我第四军全部、第九军和第三十军各 2 个师及第三十三军部队共 20 余个团，分布在万源以东至宣汉、达县地区，由徐总亲自指挥，主要对付敌人主力第五路、第六路。在西线，以第三十一军大部、第三十军第九十师、第九军第二十七师等共 12 个团，配置在北起广元南沿嘉陵江以东至营山、渠县以北地区，由副总指挥王树声指挥，牵制敌第一、第二、第三、第四路兵力。另以第三十一军第二七六团、二七八团分别布于旺苍以北的三道河地区和通江以北的碑坝地区，警戒陕南的敌人。

　　1933 年 11 月中旬至 1934 年 4 月底，在刘湘的督促下，参加围攻的各路敌军对川陕革命根据地连续发动了三期总攻。在此期间，红军依据"收紧阵地，诱敌深入"的方针，积极防御，节节抗击敌人，逐步收缩阵地。1933 年 12 月 17 日至 18 日，东线红军分别撤离宣汉、达县两城，收缩到宣、达以北，东起庙坝，西经井溪场、东升场、双河场、碑牌河至北山场一线；1934 年三四月间，又收缩到万源城以南镇龙关至刘坪一线。1934 年 1 月 11 日，西线红军主动撤出仪陇城，收缩到北起旺苍坝，南沿东河至千佛岩、鼎山场一线；3 月中旬，又收缩到江口、长池、南江一线；4 月上旬，再收缩到贵民关、观光山、得胜山一线。每收缩到一处新的阵地，红军都是依山凭险，凭借坚固工事，顽强阻击敌人，采取近战、阵前出击、午后反击、日守夜袭等各种手段，大量杀伤敌人；每次收缩都留下若干部队，配合地方武装坚持敌后游击战争，牵制和消耗敌人。红军主力则紧紧抓住有利战机，进行局部反攻。1934年2月10日夜，东线第三十军八十八师在军政治委员李先念的指挥下，以第二六五团为第一梯队，第二六三团、二六八团为第二梯队，在第四军一部的配合下，迂回马鞍山，歼敌郝耀庭路司令部及其1个旅另2个营，击毙副司令郝耀庭。同时，第九军二十五师攻克胡家场，歼敌第三师七旅大部。

在收紧阵地过程中，我军于1934年1月由徐向前、陈昌浩主持召开了万源军事会议，徐总分析了战争形势，总结了前段反围攻作战经验，号召全军继续开展夜袭活动；并针对干部新、新兵多、军事技术和指挥艺术差等情况，要求全军开展以射击、投弹、刺杀、土工作业和夜间战斗为重点的火线练兵活动。徐总还亲自带领军、师干部到万源城外的河滩上去练习瞄准、射击。为了检阅各部开展练兵活动的成绩，3月下旬，方面军在北垭场举行了全军射击比赛，涌现出一批射击尖子，带动了部队的训练热潮。

从1933年11月中旬至1934年4月底，红军经过多次收紧阵地，总共毙伤敌3.5万余人，粉碎了敌人连续发动的一、二、三次总攻，打破了敌企图摧毁川陕革命根据地和消灭红军的幻想，并加剧了四川军阀内部的矛盾。

刘湘为部署新的进攻，于 1934 年 5 月 15 日在成都召开有各路总指挥参加的军事会议，决定发动第四期总攻。其部署是：第一路向川陕边界的两河口（南江以北）推进，截断红军入陕道路；第二、三路进攻得汉城；第四路和总预备队一部进攻竹峪关；第五、六路攻占万源及其以西一线。以上各路以唐式遵的第五路担任主攻，以夺取万源为主要目标。

1934 年 7 月上旬，方面军总部在万源城内召开了军事会议，部署万源保卫战和制订反攻计划。决定利用万源一线有利阵地，以少数部队实施坚守防御，继续给敌第五路以重大消耗，为反攻创造更有利的条件。

万源地处巴山腹心，号称"秦川锁钥"，是四川的东北门户。万源县城坐落在一个小平坝上，四周群山簇拥，地势极为险要。东有奇峭绝险的花萼山、笋子梁雄峙，南有雄浑挺拔的大面山、孔家山、香炉山环列，西有峥嵘嵯峨的南天门、玄祖殿屏障，平均海拔在 1500 米以上。我军根据万源军事会议制定的作战方针，东线以第九军担任主要方向的防御任务，坚守大面山、孔家山一线阵地；以第四军十二师大部坚守万源西南的玄祖殿。另以第四军十师和第三十三军的 3 个团，及第四军三十四团大部，分别置于万源两侧之黄中堡、花萼山，阻击敌左右两翼的进攻。这时，敌前方军事委员会委员长刘从云，通过占卜，择定 7 月 11 日为"黄道吉日"，他命令各路军统一于是日开始总攻。

11 日拂晓，敌总攻开始，其第二十一军 5 个旅和第二十三军 3 个旅向万源城南的大面山、孔家山等红军防御阵地发起猛烈冲击。第九军二十五师、二十七师在副军长许世友的指挥下，沉着应战，连连遏制了敌人的进攻。敌人在以主力进攻大面山的同时，以 1 个旅的兵力由清花溪分数路向我玄祖殿阵地进攻。面对敌人优势兵力的进攻，我军第三十四团一营一连、二连隐蔽在工事里，一面密切观察着成群往上爬的敌人，一面组织神枪手打冷枪不断地杀伤敌人，等敌人爬到距我前沿阵地三四十米时，我军居高临下展开了猛烈的火力打击，打得敌人死的死、伤的伤，其余的见势不妙争相向后逃窜。敌人第一次进攻被打退后，接着又组织第二次、第三次进攻，结果仍是伤亡累累，我军阵地屹然未动。到了下午三四点钟，"双枪兵"的烟瘾上来了，呵欠不断，进攻也没劲了。从望远镜里可以看到，在敌军阵地上张开了无数雨伞，许多敌军官兵躺在伞下点燃烟灯，摆出烟枪，开始"吞云吐雾"了。指挥员便抓住这个有利战机，派小分队从几个方向突然向敌人发起攻击，这时候敌人没有什么战斗力，敌人一个旅的进攻就这样被我第三十四团 2 个连击溃了。

7 月 22 日，敌人对万源开始了第二次总攻。坚守大面山、玄祖殿、甑子坪、老鹰寨、南天门、花萼山等地的红军，连续击退了敌人多次猛攻。敌军在 7 月 27 日进行大举进攻，在飞机、大炮支援下，以 5 个旅的兵力进攻大面山、孔家山，两个旅进攻玄祖殿。英勇的红军战士待敌炮兵中止轰击后，迅速进入各自战斗岗位，利用各种火器向接近前沿之敌猛烈射击，重创敌军，粉碎了敌人对万源的第二次总攻。

8月初，敌人又向万源发动了第三次总攻。刘湘为了鼓励官兵卖命，悬以重赏：攻占万源，奖洋1万元；攻占花萼山、孔家山，各奖洋4000元；攻占大面山，奖洋2000元；攻占玄祖殿，奖洋1000元。这次进攻，其战术与前几次进攻一样，仍然是大纵深、多梯队的人海战术，炮火准备后继以整营整团的兵力进行轮番攻击。我们逐步摸到了敌人"一轰、二攻、三松"的规律，当敌人进行炮火准备时，我们在阵地上除留几名观察员外，其余统统进入盖沟或猫耳洞内隐蔽；等敌人炮击停止，步兵开始进攻时，大家才从隐蔽工事里出来各就各位，做好战斗准备；当敌人接近我军阵地前沿时突然开火，以猛烈的火力将敌击溃，从而粉碎了敌人对万源的第三次总攻。

至此，刘湘精心策划的以夺取万源为目的的第四期总攻最后宣告破产，不得已转入防御。我方面军在万源前线连续击退敌军主力猛烈进犯的有利形势下，决定立即组织反攻。

为了正确选择反攻的突破口，徐总曾多次到南天门一带访问当地群众，跋山涉水察看地形，并派出侦察组，采取各种手段查明敌人的部署。经过对敌情、地形的反复侦察和广泛听取干部战士的意见后，决定以青龙观为东线红军战役反攻的突破口。

8月9日晚9点左右，担任夜袭任务的三十一军九十三师二七四团二营在副团长易良品和副营长陈金钮的带领下，以五连为先锋，向青龙观出发了。为了迷惑敌人，掩护夜摸，保证顺利突破青龙观，徐总命令我玄祖殿红军和第二七四团主力，从东、西两个方向同时向青龙观发起进攻。10日凌晨，英雄的二七四团指战员胜利地攻占了青龙观，为全线反攻创造了重要条件。

青龙观被我军突破后，各路敌人已成惊弓之鸟。10日上午，我东线反攻部队第一梯队，按计划迅速向敌纵深发展。一天黄昏，我随第二十八团前卫到达五龙台时，得悉驻守五龙台之敌陈兰亭师的1个团，在我第四军教导队的进攻下向石窝场方向逃窜。我当即命令第二十八团连夜抄近路赶在敌人前头，占领去石窝场必经之地黄岩院，把敌人截住歼灭。是夜，红军指战员一个跟一个疾步前进，偶尔有的同志被路上的石块绊倒了，一声不吭，爬起来跟上部队继续前进，从前边不时传来"向后传，不要说话，不要掉队"的口令。午夜后4点左右，第二十八团先敌到达了黄岩院。拂晓，散乱、疲惫的敌人慢慢钻进了我们早就为他准备好的"口袋"，严阵以待的我军立即以猛烈的火力从四面八方一齐向敌人开火，敌人遭此突然打击，就像被捣毁了窝的马蜂在山谷中乱奔乱窜。仅经过半个小时的战斗，除少数敌人逃跑外，敌大部被歼，团长也被我军击毙。

经过几天几夜的连续追击，17 日上午，我先头部队抵达秦河北岸，占领了河边高地垮子岭。此时，从石窝场溃退到这里的敌军以及随军逃跑的地主豪绅正蜂拥在秦河北岸，争相过河。战士们面对拥挤在河边、走投无路的敌人，架起了数十挺机枪，开展了瓦解敌军的政治攻势，少数企图顽抗者被我军机枪、步枪火力歼灭。过河之敌在长坡一带掘壕据守，以冷枪冷炮向我军射击，企图阻我军过河。但第三十军和三十一军已从河口附近渡过秦河，进至唐家山，出现在敌人侧后，敌闻讯又急向庙垭方向逃窜。

各路部队均以雷霆万钧之势追歼逃敌。这时，红军处于万源附近刘湘主力左侧后，地形极为有利，据此情况，徐总主张以主力向东大迂回、深包围，渡过后河，跨中河两岸由西向东顺山扣住李家山、凤凰山、天龙山、左尖山、紫云山构筑工事，截断刘湘主力第一师、二师、三师向宣汉、开江退路。让敌人先来进攻，待其成了强弩之末，我军再发起反击，将刘湘主力一举歼灭。即使不能全歼，至少也可以歼其大部。然而，张国焘却从洪口来电话令红军向西迂回，追歼与红军处于平行位置的范绍增第四师。陈昌浩支持徐总的意见，王宏坤、李先念等也支持徐总，但张国焘仍然固执己见，电话来回数次打了五个多小时，因为张国焘是中央代表，又是革命军事委员会主席，决定权在他那里，最后徐总考虑不允许继续延误追击时间，只好令红军向西迂回，追歼敌范绍增部。结果，红军向西一移动，范绍增部因惧怕红军前后夹击，赶忙撤回长滩河，此后五昼夜内逃窜 200 公里，撤至渠县以北之三汇场，我军向西追击未能兜住敌人，再回头向东截击刘湘主力时，敌人已退至宣汉以北的老鹰嘴、毛坝场一线，8 月 24 日又撤至井溪坝，西经东升场、马家场至双龙场一线，占领了有利地形，构筑了工事与红军对峙。至此，东线反攻遂告结束。由于张国焘的错误命令，失去了极为有利的战机，东线反攻未能大量歼灭敌人。

东线敌军溃败，西线敌军大为惊慌，急忙调整部署，北起贵民关，南至江口，依托通江西岸山地，向东构筑防御工事，企图阻止红军西进。讨论西线反攻问题时，张国焘提出从巴中以东向北迂回长池、木门，徐总看了看地图，和李先念商量后说：我们不能走这条路，走这条路迂回上去，就会再次让敌人跑掉的。徐总提出让部队出巴中，直插黄猫垭、旺苍坝，进行一次深迂回、大包围，截断敌人后路，拦住敌人，打一个歼灭战。徐总这一意见，得到了与会者一致赞同。张国焘气呼呼地甩手走了，结果会议议而未决。徐总和陈昌浩、李先念等决定执行深迂回计划。

8 月 28 日，徐总亲率第三十军、三十一军及第四军、九军主力从达县以西出发，挥师向西，夜袭冷水垭，攻占得胜山，突破右垭口，扫清了前进的道路。红军冒着倾盆大雨于 9 月 11 日收复巴中城。14 日，徐总指挥部队实行纵深迂回，经仪凤场、雪山场、九龙场直插敌后方黄猫垭，切断了敌第一路和第二路的退路。红军刚刚到达黄猫垭，即遇敌田颂尧第二路的 2 个旅及其他部队约 10 个团共 1.7 万余人，从前线经长池、木门撤退下来，全部拥挤在黄猫垭至王观寨几公里长的山谷中。我第三十军、三十一军主力当即将其团团包围。这时，徐总对李先念说："这一仗，我们是违背了张主席意图打的，一定要打好，打不好，我们是难以交账的。"经过一天一夜的激战，全歼该敌，取得反攻以来歼敌最多的一次大胜利。黄猫垭战斗结束后，方面军指挥部决定乘胜追歼逃敌，收复被敌人占领的城镇。

我军历时 10 个月的反围攻作战取得了辉煌的战绩，基本上恢复了宣达战役后的根据地辖区。反"六路围攻"的伟大胜利，给予四川军阀以沉重打击，极大地鼓舞了川陕边区广大人民的斗争勇气和胜利信心，部队也锻炼得更加坚强。

万源保卫战

许世友

  1933 年 10 月，以刘湘为首的四川军阀，组织了对川陕根据地的"六路围攻"。我军为了集中兵力作战，步步后撤，最后退守到巴山南麓万源一线，在这里展开了英勇的万源保卫战。

  当时，我和师政委陈海松同志带着红九军二十五师，奉命坚守万源城正面的大面山，抗击刘湘的主力。大面山是万源的重要屏障，越过这 1000 多米高的大山，就可直下万源。开始敌人兵力较少，后来越来越多了。刘湘用在大面山 30 里正面的兵力，先后共达 90 个团，其中包括刘湘的嫡系部队，这是川军中配备最精良的部队，不但有重机枪、迫击炮，还有在当时来说是新式武器的轻机枪和山炮，甚至经常出动飞机助战。川军善于爬山，能够反复冲锋；更依赖自己兵多，不惜用人海战术，一冲锋就是 1 个团，1 个团不行就 2 个团，2 个团还不行就 4 个团、8 个团……漫山遍野，齐声喊叫："捉活的！捉活的！"

我们红九军同样也是主力，兵员充足，装备也相当好。指挥所有无线电，随时可向总指挥部请示报告；师、团、营和前哨连都有电话；连里的轻机枪，是第四次反"围剿"时缴获的最新式的美国武器，比刘湘军队用的英国造六一式轻机枪还好。二十五师有七十三、七十四、七十五团，共1万多人。虽然敌人的兵力数十倍于我，但我们是红军，指战员大都是得了土地的农民，打仗从来是"活不缴枪，死不丢尸"，每个同志都有大刀，勇猛如虎；干部多是身经百战，在最危险的情况下也能沉着应战，视死如归。部队体力也强，新兵入伍常要通过"考"，不仅要政治上够条件，要贫雇农成分，还要能爬二三十里的山不怎么喘粗气才被录取。所以部队一天跑100里很轻松。四川军阀部队素称会爬山，但也爬不过我们。

就是这样的两支军队，展开了殊死决战。

红九军二十五师的指挥部在1000多米高的一个山顶上。四川的山，很多是山顶平坦，山上有水田、树林、竹园、人家，山下倒是荒草乱石。我们从望远镜中看去，山坡上，山谷里，到处是敌人，就像数不清的狼群，往我们山上扑来。等它快到我们的前沿阵地了，我们火力展开，敌人纷纷倒下。但后面的敌人还是往上拥，竟冲到我们的盖沟边上。这时，我们的战士一个个从工事里跳出去，杀奔敌人，和敌军混战成一片。只见阳光下，大刀、长矛闪着银光，两军兵械相接之处红花花的，也分不清是枪缨、刀布，还是鲜血。川军招架不住，向后溃退，但军阀指挥官立刻督战增兵再压上来。这样的反复冲锋，一个上午就有五六次、七八次之多。我们指挥员紧张激动的程度，也不亚于血战的战士。眼看着熟悉的战士、干部在肉搏中倒下，眼看着敌人冲上了盖沟，把我们部队堵在盖沟里，指挥员心里真像火烧一般，恨不得亲自杀下去。

这时，营里、团里又万分火急地打电话来要求准许使用预备队。指挥员红着眼睛喊一句"出击"是容易的，但是我们要对全师以至全局负责，不能不竭力克制，再三告诉自己"要冷静，要持久，要忍耐！""首先要和敌人斗智！"有时真把牙齿也咬酥了，把拳头也握酸了。忽然，我们的战士又从盖沟口子里杀出来，一个顶十个地左砍右刺，到底把敌人反扑下去了。于是，又是拉锯式的争夺冲杀。我们的大刀是纯钢的，能连砍十多个铜圆不卷刃，但在厮杀中有时也砍卷了刃，长矛更是捅得弯弯扭扭的。直打到下午，敌人的十多次冲锋被打退了，冲上来的敌军真正是筋疲力尽，像醉汉一般了。

战斗越紧急越残酷，我们的指挥员就越靠近前沿。这时我们细心观察研究，敌人确实没有别的花招了，我们这才把预备队放出去，狠狠地杀他一阵，一天的战斗就此结束。但有时敌人撤不下去，在山腰拼死反抗，战斗就会直打到深夜，天昏地黑，火光闪闪，山谷里枪声扑扑地就像煮开了的粥锅。情况实在危急时，我们军、师干部，把八角帽往下一拉，也带了敢死营英勇地出击。敢死营配备有冲锋机枪、大刀，一冲出去，立刻就把敌人杀得片片倒地。

我们的伤员也很多，白天来不及运送，都在傍晚抬走。有时候，各级指挥员也都参加抬运。那时我们的心情又沉痛、又激昂。白天要指挥部队冲杀，晚上要研究战术，等到派出去侦察和夜袭的同志带回了情报和俘虏时，天也快亮了。这时，我们才揉揉眼睛，在棚子里躺一会儿。但很快，又打起来，我们就又立刻跳起来作战了。

打了一两仗，总指挥徐向前同志就亲临大面山前线视察。他见我们阵地坚固，敌人没有能够上山一步，表示满意。巡视完毕，徐向前总指挥在棚子里坐下来，详细告诉我们敌我情况。他说，大面山是敌人主攻方向之一，是全线的重点阵地，一定要坚守。右侧的三十军，左侧的四军，都打得很好。最后他站起来笑笑说："考验是很严重的，可是我们有从百战中打出来的战斗作风——硬！"是呵，正因为我们有一股硬的作风，再顽强的敌人也攻不破我们的阵地。

同时，川北人民对我们的支援，保证了我们能够长期坚守。当时我们根据地自己有货币（银洋、布钞票），粮食和肉也很便宜，部队起初供给相当好。后来打久了，粮食出现了紧缺，只好杀马充饥，这时万源人民把仅有的口粮也送上山来。

打久了，兵员逐渐缺少，但我们始终没有换防，全靠人民自动参军补充。他们敲锣打鼓，张着红旗，排着大队而来，同志们高兴得大喊口号。这些新战士简直用不着训练，来到第一天，还没有换下便衣就能上火线。

打久了，我们进一步掌握了敌人的规律。敌人的战术几乎始终不变，我们的战术却根据敌军进攻情况不断有了变化。我们用小部队疲困敌人，慢慢地放他们到阵地前，用近战消灭他们。盖沟和掩体积土有好几尺厚，炮弹打不透，敌人的飞机投弹命中率很差，也杀伤不了我们。弹药缺了，就到敌人遗尸中去取。尤其是我们贯彻了积极防御的精神，经常夜袭。红三十军二六五团曾因为夜袭中一次歼敌 1 个旅，获得"夜老虎"团的称号。我们向他们学习，每当对面敌人山头上灯火万点，那些一支烟枪、一支步枪的川军正在吞云吐雾的时候，我们便束装出发了。出发前，每个同志都在屋里大跳特跳，试试身上背的大刀、手榴弹等会不会发出声响；没有声响了，再把马蹄也包上棉花、布头，便像神兵天降一样勇猛地杀进敌营。

在四个半月中，敌人除了每天进攻，还先后发动了六次大攻击。大攻击时，敌人有时竟一线展开十多个团，密如蜂蚁，我们的短兵武器就更能发挥作用，特别是马尾手榴弹，拔了保险针，一甩就是一大串。四个半月中敌人伤亡惨重，最多的一天伤亡上万。最后，我军全线出击，胜利地粉碎了敌人的"六路围攻"，解放了十多个县城。

奇袭青龙观

陈金钰

1933 年 10 月，刘湘先后纠集了 140 多个团，向我川陕根据地发动了疯狂的"六路围攻"，狂妄地叫嚣要在三个月内摧毁川陕苏区，"全部肃清"我红四方面军。

我红四方面军采取"收紧阵地，诱敌深入"的作战方针，以少数部队在地方赤卫队配合下，积极袭扰，大量消耗、牵制敌人，而主力则处于机动位置，寻机歼敌，在短时间内连续取得了凤凰寨、三河场、马鞍山、镇龙观等一系列战斗的胜利。并按预定方案，逐步退守大巴山下的万源、城口和通江附近的杨柏河、得胜山一线，依托有利地形，英勇抗击敌人，积极创造反攻条件，准备与敌人进行决战。1934 年 6 月下旬，粉碎了敌人前三期总攻。随后，刘湘又发起了第四期总攻，以万源为主要目标，全线实施猛攻。我军顽强坚守万源，一次次打退敌人的进攻，先后取得了大面山、甑子坪、孔家山和竹峪关反击战的重大胜利，大量杀伤和消耗了敌人。

方面军在万源前线打退敌人连续猛攻后，决定立即乘势反攻。为保证大反攻初战必胜，徐向前总指挥亲自到前沿勘察地形，了解敌情，最后确定将青龙观作为全军大反攻的突破口。青龙山位于万源城西南 35 公里处，是一座海拔近1500 米的大山，呈东西走向。山上为敌汪铸龙师周绍武旅两个团驻守，工事坚固，碉楼堡垒交错，敌旅部设在山顶青龙观内。青龙观的正面只有一条石阶小路，敌人派有重兵把守，两侧全是峭壁悬崖，真可谓"猴子难攀，飞鸟难过"。

徐总指挥之所以将突破口选在这里，是经过深思熟虑的。其一，这里正好位于敌东线中段，介于敌第五、六路两部主力之间，若得手，可将敌第五、六路截为两段，打乱敌人的整个部署。其二，固守之敌汪铸龙部系刘存厚残部，遭我军多次痛击，已成惊弓之鸟。加之交通不便，运输困难，缺吃少用，军无战心。该敌又与其第五路指挥王陵基貌合神离，便于我军利用矛盾，避强击弱。其三，正因为有青龙观天险，敌人更容易麻痹，适合我军采取奇袭方式，出其不意，攻其不备，一举获胜。

突破口选定之后，徐总将奇袭青龙观的任务交给了我们二七四团。他亲自到我团召集营以上干部开会，给全团指战员做战斗动员，进行夜袭青龙观战斗部署，详细分析了当时敌我态势和奇袭青龙观的有利条件及可能遇到的困难。徐总再三强调：我们的阵地已经收缩到了最小限度，不能再收缩了，必须打出去。现在，反攻的时机已经成熟，夺取青龙观是关键的一仗，只能打好，不能打坏，只许成功，不许失败。他号召大家，拿下青龙观，打开突破口，在粉碎敌"六路围攻"中建立功勋。第二七四团政委桂干生代表全团指战员表示：保证打好这一仗，困难再多，伤亡再大，也要攻上去，不惜一切代价，坚决完成任务。

当时，全团上下都憋足了劲，个个摩拳擦掌，恨不得插翅飞上青龙观，给敌人来个"连窝端"。机关和连队党支部积极行动起来，展开生动活泼的思想工作，进行有力的战斗动员，党、团员带头写请战书、决心书，纷纷表示："冲锋在前，退却在后！""轻伤不下火线，重伤不哭！"

团首长经过认真研究，决定夜袭青龙观由我们二营打头阵，副团长易良品率队，由我具体指挥，我当时任二营副营长。接受任务后，营里组织了两个精干的侦察小组，分别由五连长张金臣和该连一排长庞振国带领，夜间悄悄地摸到青龙观下进行潜伏侦察。天明后，随着太阳的升起，敌人阵地情况看得一清二楚。为了防止暴露，战士们潜伏在草丛中一动不动，有时烈日当头，草丛闷热得像个蒸笼；有时风雨交加，都浸泡在泥水里；黄昏以后，蚊虫骚扰，咬得人刺痒难忍。然而，为了完成侦察任务，战士们一潜伏就是两三天，饿了吃点干粮，渴了喝口雨水，什么苦呀、累呀、危险呀全都丢到了脑后，经过连续周密的侦察，我们掌握了青龙观敌人的兵力部署、活动规律和阵地构筑等情况，甚至连敌人换哨的时间、口令等情况都摸清了。

与此同时，全营在青龙观以北 10 公里一个隐蔽的半山坡上展开了紧张的夜摸训练。这里没有村庄，我们就住在临时搭起的棚子里，睡在自制的简易竹床上。然而大家战斗情绪非常高昂，不怕炎热，不畏艰苦，不分昼夜地在深山密林中练静肃行进，练跨越攀登、擒拿格斗，练夜间射击、投弹，练判定方位和利用地形、地物，练摸敌哨本领，练独立作战的胆量和能力。手脚磨破了不吱声，胳膊和腿练肿了不叫疼。由有夜战经验的老同志当教员，现场传授，细心指点；刚参军的新战士虚心学习，加紧苦练。经过十余天不分昼夜的紧张训练，一个个都成了"夜老虎"，走起路来肃静轻巧，攀登起来灵活自如，什么"对口令""抓舌头"全成了拿手好戏。

当我们准备就绪，即将开始行动的时候，徐总又一次来到我们团检查准备工作情况。他满意地说："你们这些天吃了不少苦，受了不少累，准备工作做得很有成效。"接着他又勉励我们说："我们红军广大指战员具有高度的政治觉悟，知道为什么打仗，为谁而战斗。我们部队历来有一个好的战斗作风，不怕苦，不怕死。有压倒一切敌人的英雄气概，能打硬仗，打恶仗，尤其善于近战和夜战，而敌人最怕我们这一手。我们就是要发挥这些特长，培养更多的夜老虎连、夜老虎营和团。"徐总还特别嘱咐我们指挥员要坚定沉着，胆大心细，出敌不意，一举歼敌。徐总的亲切关怀和鼓励，进一步坚定了我们的必胜信心。这时，盘踞在青龙观的敌人还蒙在鼓里，他们满以为凭借这样的天险能阻止红军的进攻，万万没有想到彻底覆灭的命运正等待着他们。

8月9日黄昏，副团长易良品率我营向青龙观开进。那天晚上没有月亮，云缝间偶尔闪烁着几颗星星，大地笼罩在一片朦胧之中，这给了我们很好的掩护。全营装束整齐、精神抖擞，携带着为攀登开路而准备的绳子、竹竿、铁钩、砍刀，在崎岖不平、荆棘丛生的山上穿行了三个多小时，神不知鬼不觉地摸到了青龙观西侧碗柜崖的悬崖下。部队休息片刻，整理武器装备，即开始从青龙观西侧向上攀登。这里山势陡峭，险石林立，表面长满了青苔，脚一踩上去就打滑。峡谷口的风呼呼作响，吹得人站立不稳。战士们全靠攀藤附葛、搭人梯，并借助红缨枪、带铁钩的竹竿和绳索等，艰难地向上攀登。当时，我随五连一排前进，刚爬到半截就一脚蹬空失去平衡，和两个战士一起摔了下来。幸好我落在一根树杈上，脸上、身上划出了不少血口子，一支梭镖掉下来扎在我的脚上，一阵剧痛。我顾不得伤痛，立即爬起来继续向上攀登。

五连一排是先遣队尖刀排，他们一上去就干净利落地摸了敌人的一个岗哨，抓了两个"舌头"。外号叫"铁牛"的一排长、战斗英雄庞振国用明晃晃的刺刀顶住敌人的胸膛，悄声地问："快说！口令是什么？""口令是'反共'，回令是'领赏的'。"敌哨兵哆哆嗦嗦地回答。

庞振国又用枪顶了一下敌哨兵的肚子，问道："前面有几道岗哨，多少兵力？""前面有三道岗，外加三名流动哨。山顶草棚里住着一个排，隔不远还有一个排和一个连部。"敌哨兵不敢隐瞒，全照实说了。

庞振国转过身来对一班长说："赶快把这些情况向陈副营长报告！"然后，他又命令两个俘虏带路，继续向山上摸去。由于弄清了敌人的底细，又掌握了熟练的夜摸本领，我们只用了半个多小时，就除掉了敌人的三道岗卡，占领了青龙观翼侧山头制高点。此刻，山顶后侧草棚里的敌人还睡得像死猪一样，做梦也没想到红军已悄悄摸到他们的跟前。

正当我们准备收拾这部分敌人时，突然从前方射来一束手电的白光。"这是干什么的？"五连长张金臣问俘虏。"是流动哨。"俘虏战战兢兢地回答。

为了不打草惊蛇，张连长命令战士就地卧倒迅速隐蔽。当敌人流动哨接近时，四班长一跃而起，以迅雷不及掩耳之势，打掉了敌哨兵的手电筒，几个战士忽地蹿上去，卡住了敌哨兵的脖子，把手巾塞进他们的嘴里，将三个俘虏捆了起来。紧接着，我们没放一枪就俘虏了草棚里一个排的敌人。又迅速干掉了敌连部和另一个排，并从敌人口里证实，东边1公里处的青龙观大庙驻守着敌人的旅部和一个营的兵力。

为在拂晓前拿下大庙，迎接主力部队上来，我们迅速调整了战斗部署，由六连一排看守俘虏，二排从正面佯攻牵制敌人，三排担任预备队，四连、五连分别从两翼向青龙观大庙实施突击。当我们悄悄地摸到大庙跟前时，敌哨兵听见了动静，惊恐之中放了一枪，并朝我四连方向高声咋呼："什么人？口令！"我四连连长刘英才不慌不忙回答完口令，大模大样地继续往前走，嘴里一边训斥说："混蛋！怎么连自己人走路的声音都听不出来啦，这还能防止共军夜袭吗？"说话间，刘连长已来到了敌哨兵面前。敌哨兵还没弄清是谁，刘连长一个箭步蹿上去就将他干掉了。而后，刘连长带两个排迅速消灭了庙外草棚里的敌人，另一个排冲进配殿堵住了庙门，敌人正在穿衣，还没有顾得上拿枪，就稀里糊涂当了俘虏。

这时，大庙正殿里的敌人听到枪声，还没弄清是怎么回事，五连就冲了进去，甩出一排手榴弹，打得敌人措手不及，有的慌乱之中跳了崖，有的把枪一扔跪在地上大喊饶命。敌旅长周绍武听到枪声，感到情况不妙，只身溜出大庙，抄小路仓皇逃走。敌旅参谋长带着卫兵从窗户爬出来，企图组织反抗。可他的卫兵脚刚落地，就被我军战士一枪击毙，吓得敌参谋长跪地求饶："红军长官不要开枪，我投降，我投降！"我们抓住这个时机，向敌人展开了政治攻势："你们的参谋长已经投降了！""红军一贯优待俘虏！""放下武器，缴枪不杀！""不要为蒋介石、刘湘卖命啦！""顽抗到底，死路一条！"在我军强有力的军事打击和政治攻势下，敌人很快土崩瓦解，仅 40 分钟就解决了大庙的战斗。占领大庙后，我们立即调整部署，准备对付敌人的反扑。

10 日拂晓，敌一个多营的兵力向我发起了反扑。我利用青龙山有利地形，将敌人打得溃不成军。稍过片刻，敌人又以两个多营的兵力分两路向我发起进攻，六连一排的阵地被敌人突破了，排长赵怀喜身负重伤，趴在地上仍然坚持指挥战斗，战士们则与敌人短兵相接，展开了肉搏战。有的战士用刺刀、大刀与敌人拼杀，有的用枪托、石头砸，有的则死抱住敌人不放而互相扭打在一起。六连长王冬生见一排阵地吃紧，就带上三排前去支援，将赵排长送下火线，令一班长代理排长指挥战斗。经过几次争夺，终于打垮了敌人，守住了阵地。各连抓紧时间进行动员，加修工事，并要求大家节约子弹，等敌人靠近了再打。

敌人两次反扑不成，就用一个多团的兵力向我阵地发起更疯狂的进攻。我全营指战员坚决表示："我们能攻得上来，就一定能守得住！人在阵地在，决不让敌人前进一步！"大家虽然夜战通宵相当疲劳，但士气高昂。同志们一看漫山遍野全是敌人，全红了眼，恨不得一枪能打死两个敌人，一下就甩出十颗手榴弹。当敌人逼近我阵地前沿时，我们突然开火，打得敌人一片一片地倒下去。但敌人仗着人多势众，同时用督战队驱赶着敢死队，还是连续地拼命向上攻。五连在与敌人十多次反复争夺中伤亡较大，阵地出现了一个缺口，有几个敌人钻了进来。在这万分危急的时刻，一位负伤刚苏醒的战士猛地向敌人投出一颗手榴弹，紧接着又爬起来扑向敌机枪手，一把夺过机枪，掉转枪口向敌群扫去。四连一排长李进带领全排机智地迂回到敌人侧后，一排手榴弹炸了个"中心开花"，打得敌人晕头转向。我军乘敌人慌乱之际，除留少部分人坚守阵地外，组织部队反冲锋，又一次打退了敌人的进攻。

正当敌人蠢蠢欲动，准备再次反扑时，我团一营、三营由山右侧小径攻上主峰，团首长命令我营坚守阵地拖住正面敌人，一营、三营迅速向敌人东西两侧穿插分割包围。青龙山上火光冲天，喊声震地，我军全线出击，敌人败如山崩，经过一个多小时激战，歼敌 1000 余人。

青龙观一战，为我红四方面军的大反攻拉开了序幕，对彻底粉碎刘湘的"六路围攻"具有十分重要的意义。战斗结束后，徐向前总指挥由孙玉清军长陪同，亲临我们二七四团慰问，方面军总部给二七四团颁发了"夜摸常胜军"奖旗，全团每人发了一套衣服。同志们怀着胜利的喜悦，又投入了新的战斗。

反"六路围攻"的西线战局

李先念

1933 年 11 月，国民党四川"剿匪"总司令刘湘，纠集大小军阀部队 20 万余人，兵分六路向我川陕革命根据地发起猛烈围攻。根据总的作战部署，在整个战役过程中，王树声和我负责西线的作战指挥。

面临川敌大举围攻的严重形势，西北革命军事委员会和方面军总部决定采取积极防御的战略方针，以收紧阵地、节节抗击、待机反攻、重点突破的战法，经过一个逐步消耗、疲惫和沮丧敌人的阶段，适时转入反攻，大规模运动歼敌，彻底粉碎敌人的围攻。兵力部署分为东西两线：东线为主要方向，集中第四军、三十三军全部，九军 2 个师、三十军 1 个师，共 20 余团，布于万源至宣汉、达县地区，由总指挥徐向前亲自坐镇指挥，抗击刘湘精锐第五路以及第六路敌军的进攻。西线为钳制方向，以第三十一军主力、三十军第八十九师、九十师和第九军二十七师，共十余个团，配置于北起广元，沿嘉陵江东岸至营山、渠县以北地区，抗击敌第一、二、三、四路。另以三十一军第二七八团、二七六团，分别布于通江县北境的碑坝和南江县的三道河地区，监视陕南敌军。西线作战由方面军副总指挥兼第三十一军军长王树声和我共同指挥，我当时任三十军政治委员。

王树声和我接受任务后，立即研究西线的具体作战部署。决定以第三十一军主力布于广元至苍溪县境的九花岩、元坝子、快活岭一线，迎击敌第一路；三十军第八十九师、九十师布于苍溪至阆中县境的运山坝、千佛岩地区，迎击敌第二路；九军第二十七师布于仪陇至营山、佛楼寺一线，衔接东线阵地，对付敌第三、第四路。我们要求各部队坚决贯彻方面军总部的作战方针，深入进行思想动员，树立"敢打必胜""消灭刘湘""粉碎围攻"的坚定信心，运用反"三路围攻""收紧阵地"的作战经验，以主力部队与地方武装、人民群众密切配合，依托山险、隘路、垭口、密林，坚守防御，机动歼敌，积极配合东线作战，为全线反攻创造条件。

11 月 16 日，刘湘下达第一期总攻令。田颂尧第二路和杨森第四路，继东线战幕拉开之后，率先从西线发起进攻。12 月上旬，邓锡侯第一路和李家钰、罗泽州第三路，亦相继投入战斗。西线的四路敌军共有 69 个团，我在西线仅有十余团的兵力，要在数百里的宽大正面战线上顶住敌军的凌厉攻势，达到滞敌前进、挫敌锐气的初战目的，确实是难上加难。一旦被敌人在某一地段突破防线，穿插迂回纵深，攻击我主力侧背，我军就有遭受严重损失和全线溃退的危险，后果将不堪设想。

在主要作战方向上，也就是敌大部队前进的必经必夺之地，我军凭山依险，抢筑集团工事，挖掘多道堑壕、盖沟，积存大量鹿寨及滚木礌石等；兵力做梯次配置，构成前轻后重、纵深防御的主要阵地，以抗击敌人的重兵进攻。在次要作战方向上，则以少数兵力和地方武装、赤卫队防守，遍插红旗，广布疑阵，借以迷惑和牵制敌人。川北的地形条件很好，山险交错，路隘林深，南低北高，易守难攻，只要在山险路隘处摆上 1 个排、1 个连的兵力，做好坚固工事，就能顶住整营、整团、整旅敌人的进攻。这为兵力不足的我军实行阵地防御，提供了天然的有利条件。

我们捕捉战机，组织反击，趁敌在运动中予以歼灭性打击。我们鉴于死守县城不利，遂令第九军二十七师的部队主动后撤，待机击敌。敌军占领县城后趾高气扬，头脑发热，继续冒进北犯。我二十七师趁机组织一部兵力反击，一举袭占营山城北的凤凰寨，大破敌第三混成旅，歼敌近 2 个团，迫使杨森部退缩营山，不敢再冒险突进。1934 年 1 月初，敌第三路 4 个团进至仪陇城南的五里墩一带，准备进攻仪陇县城。仪陇是个山城，城池建在高山顶端，不便敌军长驱直入。我们乘敌人夜宿无备，命令战役预备队第二七一团和第九军前沿部队，向该敌发起突然袭击，利用暗夜，组织赤卫队和群众在两翼佯攻助战，枪炮声、喊杀声响彻四面八方，打得敌人晕头转向，不知所措。天亮后，敌企图依托现有阵地，调整兵力，组织防御，但在我军猛烈冲击下，敌阵地一道道被突破。激战竟日，敌全线溃退，我军猛追十余公里，共毙、伤、俘敌团长以下500余人。同时，充分发挥红军近战夜战特长，给敌人以有效的杀伤。

西线部队经两个月的奋战，歼敌数千名，在宽大正面战线上顶住了四路敌军的猛烈攻势，初步达到了迟滞、消耗、钳制敌人的目的。

敌第二期总攻于1934年3月上旬开始。西线敌军首先投入战斗，我们沉着应战，指挥部队和地方武装依托山险、工事，节节抗击并伺机集中兵力反击歼敌，并进一步收紧阵地，陆续撤离玉山场、鼎山场、旺苍坝、恩阳河、巴中、木门等地。4月初，敌发起第三期总攻。方面军总部为进一步诱敌深入，集中兵力，待机破敌，决定东西两线红军再次收紧阵地，并将三十军八十九师调往东线作战。西线我军退出江口、长池、南江等地，在杀牛坪、梁炮台、甑子垭地区的阻击和反击战中，予前进之敌以有力杀伤，而后转移到贵民关、观光山、得胜山一线坚守，昼防夜袭，不断消耗和疲惫敌人。东线红军则撤至万源城南，西经镇龙观至刘坪一线，以花萼山、孔家山、南天门、大面山等险峻山岭为屏障，与敌军对峙。

旷日持久的作战，使红军的处境日趋艰窘，粮食、弹药、被服、医药有耗无补，部队一天只能吃一餐稀饭，其余靠挖竹笋、野菜补充；伤病员大量增加，且缺乏医药治疗；扩红已到最大限度，兵员没有来源；阵地越缩越小，部队愈来愈缺乏机动回旋的余地。为及早粉碎敌人的围攻，摆脱日益加剧的困难处境，方面军总部决定从西线进行反击，依托巴山，首先打击邓锡侯第一路，得手后转入反攻。6月中旬，西线部队主动撤离得胜山，放弃通江县城；东线部队一部向东出击，占领城口。敌误以为红军将放弃现有阵地，由城口出巫溪、奉节，直捣云阳、万县，于是赶忙调整部署，将第五路主力东移至万源附近，进行防堵。方面军总部鉴于迷惑和调动敌人的目的已经达到，遂从东线抽调一部兵力，配合西线进行反击。

6月下旬，敌第四期总攻开始。邓锡侯第一路由西而东，向观光山、分水岭一线猛攻。我西线部队给予迎头痛击后，集中十余个团的兵力，于27日在分水岭地区发起反击，兵分左、中、右三路猛插猛进。但恰在这时，暴雨骤至，山洪暴发，小通江河水猛涨，严重妨碍我后续部队的运动和粮弹供应。马鹿寨守敌凭坚固守，我军冒雨强攻未下，前进受阻。据此，总部命令我们停止反击，将部队撤回小通江河以东，在北起碑坝南至鹰龙山一线与敌隔河对峙，准备另寻反攻战机。

7月上旬，西北革命军事委员会在万源召开军事会议，分析战争形势，制订新的反攻计划。会议决定利用万源地带山高路险的有利地形，实施决战防御，待给刘湘主力以重大杀伤和消耗后，从东线转入反攻。西线部队的任务是：坚守小通江河以东现有阵地，钳制敌一、二、三、四路，配合东线的决战防御和反攻。

8月10日夜，东线反攻的号角吹响。红军夜袭青龙观成功，突破缺口，席卷两翼，猛插纵深，敌军全线崩溃，抱头鼠窜，损兵折将1万余人。西线敌军见势不妙，慌忙调整部署，力求自保。第一、第二两路，加紧构筑防御阵地；第三路由通江西北的草池坝向鸣盛场、得胜山延伸；第四路则撤出通江，缩至得胜山、元山一线。四路敌军转攻为守，企图依托小通江河西岸山地筑成防线，阻止红军西进。

东线决战和反攻的胜利，为西线反攻创造了条件。西北革命军事委员会和方面军总部决定，由徐向前总指挥率领东线主力西进，会合西线红军，展开大反攻；由总政治委员陈昌浩率第三十三军及四军、九军各一部，留在东线牵制敌军。根据徐总指挥的部署，西线反攻以三十一军主力，从平溪坝西出，向分水岭、观光山突破，钳击敌第一路，进取南江；以三十军全部、四军和九军各一部、三十一军第九十三师，担负主突方向的任务，由通江城南的上老官庙渡过通江河，向得胜山附近的冷水垭突破，歼击敌第二、三、四路。冷水垭是敌第二、第四两路的接合部，防守薄弱，突破后也便于我军左右回旋，分割围歼敌人。

8月28日夜，我军在冷水垭夜袭突破成功。敌第三、第四路急忙收缩兵力，撤至巴中以东的清江渡、右垭口、同观寨一线，凭险顽抗。我们以三十军第二六五团、二六三团夜袭右垭口，歼守敌近1个团，再次突破敌防线。敌军惊慌失措，纷纷向来路溃逃。徐总指挥令王树声率九军一部追击敌第三路，直下仪陇；王宏坤率四军主力追击敌第四路，直扑营山。三十军和三十一军九十三师，由总指挥亲自率领，西进巴中。9月11日，我军克巴中。

徐总指挥常说：打十个击溃战，也不如打一个歼灭战。在巴中县城的一间民房里，他铺开地图和我商量，能否搞个大纵深迂回，让部队一直插到西北方向的黄猫垭、旺苍坝一线，切断田颂尧、邓锡侯两军的退路，予以全歼。我说："这倒是着妙棋，我赞成，那就决心干吧！"这时，张国焘打来电话，令部队向正北方向长池开进，搞浅迂回。徐总指挥反复和他说，那样敌人可能会跑掉，还是搞深迂回为好；但张国焘硬是不松口。放下电话，总指挥坐在那里，很不高兴地说："可惜呀，可惜！眼看到口的'肥肉'，吃不上了呀！"对于张国焘的干扰，他是有苦说不出。

我见徐总指挥心里憋气，坐在那里一个劲地猛抽烟，就说："'将在外，君命有所不受'嘛！你叫我们往哪里打，我们就往哪里打！"听了这话，他猛地站立起来，说："好！我们来个机断专行，这回就是犯错误也不听他的，打完仗再说，错了我负责！"他指着地图对我说："你叫程世才马上带先头部队出发，经仪凤场、雪山场，直插黄猫垭，我们随后就到。"我说："总指挥下了决心，我们照办！"

副军长程世才带三十军两个团先行，徐总指挥和我率主力紧跟，经仪凤场、雪山场，向九龙场、黄猫垭疾进。转入反攻以来，部队连续行军作战已经十分疲劳；加之气候炎热、湿闷，山路崎岖、泥滑，掉队的不少。我们不管三七二十一，分秒必争，能带上多少人算多少，截住敌人就是胜利。第二天下午，程世才带着一个警卫连率先赶到了目的地，正好卡住西逃第二路敌军的先头部队。敌人做梦也没想到，红军会在黄猫垭出现，慌忙组织冲锋，但均被击退。接着，第二六三团、二六五团相继赶到，把越来越多的敌军死死压在山谷里。

拂晓前，徐总指挥和我率大部队上来，马上调整部署，令新上来的部队进入阵地。被堵住的敌军在猛烈炮火掩护下，整团整旅地发起一次又一次的冲锋。总指挥见敌人潮水般地冲来冲去，火冒三丈，对我说："要是顶不住，放跑了敌人，我就拆散你们三十军！"我还是第一次听到他说出分量这么重的话，便二话没说，把上衣一脱，提着枪就上了前沿。后来，参谋人员告诉我，总指挥见我走了，怕我上去拼命，直后悔，对参谋们说："你们赶紧给我把先念找回来，可别把他给打死呀！"那时我已到了前沿，从这块阵地转到那块阵地，天又没亮，他们上哪里去找嘛！天亮后，敌人又发起两次大规模的进攻，枪炮声就像开了锅似的，咕噜咕噜地响成一片。我三十军和三十一军九十三师的指战员，紧封

"瓶口"，坚守阵地，打得敌军横七竖八弃尸阵前，难越雷池一步。敌人被压在山谷里，前拥后挤，人喊马嘶乱成了一团。总指挥见时机已到，下达总攻击令，嘹亮的号声响彻山谷，指战员们立即跳出阵地，猛虎般地冲下山去，在六七公里长的山谷里将敌军切成数段分头围歼，激战多半天，全歼敌1万余人，获得了反攻以来的最大胜利。这充分证明徐总指挥大纵深迂回歼敌的决心是正确的。

激战后的夜晚，明月高挂，群星闪烁，显得分外宁静。忽然，徐总指挥的住室里，响起了浑厚低沉的《国际歌》歌声："起来，饥寒交迫的奴隶，起来，全世界受苦的人……""这是最后的斗争，团结起来到明天……"我站在院子里静静地听着，心情激荡，热血沸腾，把连日来行军作战的疲劳都融化净尽。性格内向的总指挥，一向不爱露感情，甚至连笑容都很少见，更不要说唱歌了。这是我第一次，也是一生中唯一一次听到向前的歌声。

黄猫垭歼灭战胜利结束后，部队稍加休整，即向苍溪方向进发，沿途敌人望风披靡、逃之夭夭。9月22日，我军进占苍溪。在此期间，我右翼部队前锋直逼广元城郊，左翼部队收复仪陇并进抵阆中县城附近，追击敌第四路部队直抵营山外围。至此，刘湘的"六路围攻"，以耗资1900万元，官损5000，兵折8万而彻底破产。徐总指挥对下一步的行动方针有了新的考虑，他认为川陕根据地经过十个月的战争消耗，人力、物力、财力几近枯竭，尤其是粮食缺乏，更令人忧虑。为图发展，要趁田颂尧部溃不成军、无力巩固江防的时机，以一部兵力跨江而进，在苍溪至南部之间搞块天下，使根据地沿嘉陵江两岸发展。这样，红军的回旋余地会大得多，也便于取得人力、物力、财力的补充，恢复战争创伤。万一站不住脚，部队还可以回来。这是一个具有战略远见的行动方案。这天，我俩就下一步发展战略问题谈得很高兴，一直谈到深夜。可是，张国焘又来了电话，不同意渡江，而且口气很坚决，徐总指挥不便再次违抗他的旨意，遂放弃了渡江作战的打算。这个战机的丧失，影响了川陕根据地的发展前途，叫人惋惜不已。新中国成立后，徐帅还经常对我提起这件事，他说："如果那时部队跨江而进，沿嘉陵江两岸发展，川陕根据地的局面会大不一样的。接应中央红军，北出川陕甘，也好办得多。"

反"六路围攻"战役，是红四方面军经历的一次最大规模的反围攻作战，显示了川陕根据地广大军民的战争伟力和徐向前卓越的军事指挥才能，在中国革命战争史上写下了光辉的一页。这次战役提供的以寡敌众、积极防御、收紧阵地、决战反攻、大纵深迂回歼敌等经验，进一步丰富了红军的战略战术思想，有重要的军事和历史价值。

大巴山下的烽火 *

傅 钟

巍峨的大巴山，像一条沉睡的巨龙，横躺在川陕边界，人们形容说：雄鹰双展翅，难过巴山顶。1932年寒冬，大雪封山，一面鲜艳的红旗飘扬在巴山顶，一支红军队伍踏着山上的积雪，浩浩荡荡地走下山来。这就是红四方面军。

我军4个师，1.6万多人，从鄂豫皖根据地转移出来，长途跋涉了三个多月。这三个多月，我们历尽艰险，不停地走，不住地打，战胜了敌人的前堵后追。全军同志每天都盼望着找个地方，落下脚，安个"家"。翻过大巴山，一进四川，举目南眺，山川连绵，山中有田，田边有川。同志们都情不自禁地说：川北地方太好了，进可攻，退可守，我们就在这里安"家"吧。

那里，四川军阀云集，刘湘、田颂尧、刘存厚、杨森等

　＊ 本文选自傅钟《征途集》，上海文艺出版社1993年版，收录时做了适当修改。

等，大小头目几十个。他们每人占据一块地盘，称王称霸。为了争夺地盘，扩大自己的势力范围，军阀田颂尧正在成都方向参加混战，无暇北顾，他的老窝通江、南江、巴中三县，只留下些老弱残兵，我军乘虚而入，不费吹灰之力，占领了通、南、巴地区。

1933 年 2 月，我们在通江举行了川陕党代表大会，决定开辟川陕根据地，并选举了省委领导机关。接着我们又召开了工农兵代表大会，成立了川陕工农民主政府。党的组织与政权组织的建立，为开辟川陕根据地，铺下了第一块基石。

红军的指战员，这次脱离鄂豫皖根据地西征，尝尽了没有根据地的苦头，负了伤、生了病，没有个安稳地方休养，吃饭穿衣样样都困难。现在川陕党代会决定要开辟根据地了，全军上下，无不高兴。方面军总部和各部队，抽出了大批干部，组织了工作队，四处演讲宣传。山区居民分散，工作队的同志像拜年一样，挨门挨户去做工作。

川北这地方，物产很丰富，但因为军阀盘踞，捐税奇重，好地都种了鸦片。穷苦农民常年见不到白米，一天三顿都是红苕、苞谷汤。有的地方，甚至吃观音土、麻葛。我军到来之前，巴山下的农民，曾成群结队到县衙门前喊冤、示威，闹得反动县长不敢露面；阆中一带的群众几百人，也曾拿着木棍、刀矛，到处去"吃大户"。红军来了，人民有了自己的武装，各地群众很快组织起来了，他们白天开大会斗地主恶霸，晚上提着灯笼扛着杆子去丈量土地、插牌子，有的群众把从地主家分得的大肥猪杀了涂上红颜色，用滑竿抬着送给我军。通、南、巴三县到处飘扬着红旗，到处是锣鼓声、鞭炮声，群众斗争情绪日趋高涨，创建新的根据地的运动、土地革命运动和红军扩军运动在川北轰轰烈烈地开展起来了。

军阀田颂尧这一下着慌了，他纠集了30多个团的兵力，分三路向通、南、巴扑来，企图乘我军立足未稳，把我们消灭在川北，摧毁我初创的川陕革命根据地。大敌当前，重兵压境，徐向前总指挥认为只有坚决地打，打垮了敌人的围攻，才有出路。我军利用川北山高谷深地形复杂的有利形势，先后在余家坪、杀牛坪、长池一带给敌人以极大杀伤，但终因敌众我寡，打了这一路，那一路又上来，打垮了这个团，那个团又上来。一个月后，我军仅控制巴山下狭小的一块地区，这时正值青黄不接，给养越来越困难，前线部队每天只能吃到一餐洋芋。5月中旬，敌人三路主力已逼近通江西北的青峪口、平溪坝、小坎子一带，杨森、刘存厚的部队也从东面压了过来，在空山坝我总指挥部的小草房里已经能听到机枪、手榴弹的响声了。

深夜，徐总指挥把各师、团的指挥员请到了总指挥部，一起研究下一步行动方案。等大家到齐了，吃了些煮熟的洋芋，徐总指挥把小油灯移到地图旁边，分析了当前敌我态势和我们面临的困难，然后对大家讲："现在摆在我们面前的是两着棋：一着是按兵不动，继续分兵把口；一着是集中兵力，打出去，变防守为进攻！看走哪着棋，这将关系全军的命运！"大家一致认为要打出去。徐总指挥点点头，坚定地说："对！只有打出去，才有出路。如果继续分兵防守，我们将被敌人各个击破。"他和大家进一步研究了兵力部署和反击路线。

第二天拂晓，大雨倾盆，我军一支部队冒着大雨，在茂密的大森林里闯出了一条路，从空山坝与南余家湾方向一鼓作气地打了出去。田颂尧万万没料到，红军会突然从老林里钻出来，他的部队被我军这一突然反击打得纷纷溃逃，我军乘势猛打猛追，一气歼灭敌人 13 个团、俘敌两万余名，收复了通、南、巴三县。我军乘胜紧接着向南向西发展，几天之内，红旗插遍了川北十几个县城。

反围攻胜利后，方面军总部在南江县的木门召开了军事会议，决定把 4 个师扩为 4 个军，以适应更大规模作战的需要。同时，我们在新开辟的地区发动群众，掀起了土地革命运动，老区通、南、巴也恢复了群众组织，各地县、区、乡政权纷纷建立，根据地的影响也日益扩大。

8 月中旬，我军攻占营山、渠县后，挥兵东进，10 月中旬又发起了宣达战役。我军兵分三路进川东：一路由通江以南向东打，我们一战土门，再战土地堡，猛追溃敌，一举攻占达县；一路经隘口、双河场，直取宣汉；另一路经草坝场，一直打到开江以北，和川东游击军会师。宣达战役把盘踞川东多年的老军阀刘存厚给扫了出去，而且他在宣汉经营了多年的兵工厂和储备了三年的粮食、弹药全部被我们缴获。那些天，从宣汉到通江的大路小路上，日夜人来人往，1万多名群众参加搬运兵工厂的机器和物资，情景十分壮观。

红军有了自己的兵工厂后，不久便在通江的后山开工生产了，每到夜晚工厂灯火一片，一片繁忙的生产景象。炸弹厂造的马尾手榴弹，是红军战士最喜爱的武器，工人们还在炸弹的外壳铸上"打倒反动派""消灭刘湘"的鼓动口号。红军还有被服厂，自己做军衣，为部队编斗笠，一到盛夏每个红军战士都可以领到一顶大斗笠。

四川军阀头子刘湘悲哀地说："川北、川东全部赤化了。"1933年10月，蒋介石任命刘湘为四川"剿匪"总司令，纠集大军，向我根据地发动了"六路围攻"。红军这时有五个主力军，根据反"三路围攻"的经验，决定仍采取收紧阵地、诱敌深入、集中兵力、待机反攻的方针，主动从各线后撤，将阵地收缩到大巴山下万源、城口一线，背依大巴山，占据有利地形，与敌人展开了艰苦的搏斗。待给敌人以有效的迟滞、消耗、杀伤之后，实施强有力的反击作战，粉碎敌"六路围攻"。

围攻与反围攻的战斗打得非常激烈，白天敌人在飞机、大炮掩护下，用人海战术猛攻我军扼守的阵地；晚上，我军则勇猛反击袭扰敌军。夜摸战术是我军的拿手好戏，各军在战斗空隙专门抽出部队进行夜战训练，练习夜间行军、爬山、登崖，战士们创造了许多夜间联络方法，夜行军的能力也很强，有的连队夜间从敌人哨兵跟前200米处走过都不会被发现。军阀部队吸鸦片的人很多，他们白天过足了烟瘾，还可以顶一阵，可是一到晚上鸦片鬼就钻到工事里不露头了。我军抓住敌人这个弱点，时常在黑夜活动，战士们换上轻便的软底鞋，佩上马刀、短枪和马尾手榴弹，神不知鬼不觉地插进敌人的背后进行频繁的夜摸，把敌人搞得心惊肉跳，惶恐不安。夜摸行动不仅取得了一定的歼敌战果，而且进一步打击了敌军的士气，使其更加疲惫不堪。

持续的战斗一直进行到寒冬腊月，这时天下了大雪，我军也因阵地缩小成一条狭长的地带，给养供应发生了极严重的困难，有的连队每天每人只能分到两个洋芋，防守在花萼山的一支部队曾三天三夜没吃东西。如果一个连队要去执行艰巨的任务，全师、全团都得把洋芋省下来给他们吃。为了解决困难，我们动员了后方机关人员全力搞给养，就是能搞到一粒粮食，也要忍着饥饿送到前线战斗部队去，以确保前线的战士们能有点吃的。熬过了漫长、艰难、困苦的几个月，我军终于以坚强的革命意志战胜了敌人，刘湘的各路人马被拖得筋疲力尽，死伤严重，无力再向我军发动进攻。

1934年8月初，总指挥部发出了反攻的命令。我军首先集中兵力于东线，以猛烈的夜袭突破了万源、通江之间敌军的接合部南天门这一险要阵地，接着乘胜追击，迅速向敌军纵深插去，一直打到宣汉、达县以北的土主场、石门场一线。这时，东线的敌人转入凭险固守的态势。8 月中旬，我军主力调集西线，渡过巴水，又以夜袭战术突破杨森与李家钰防守的接合部，各军分路勇猛出击，打得各路敌军纷纷逃跑。至此，刘湘的"六路围攻"彻底宣告破产了。当时上海出版的《国闻周报》曾惊呼"刘湘二十年的精华毁于一旦"。

9 月下旬，方面军总政治部在毛浴镇召开政工会议，会上嘉奖了作战有功的单位和个人，发了许多奖旗：给七十三团、七十五团的奖旗是"攻如猛虎　守如泰山"，给二六五团的奖旗是"夜老虎"，给二七四团的奖旗是"夜摸常胜军"，给二九六团的奖旗是"百发百中"，极大地鼓舞了部队的士气。

从 1932 年底红四方面军翻越大巴山，在川北点燃革命烽火，到 1935 年 3 月红军西渡嘉陵江，我们先后粉碎了敌人的"三路围攻"和"六路围攻"，沉重地打击了敌人，取得了巨大的胜利，使川陕革命根据地和红四方面军都有了新的发展，在红四方面军战史上写下了光辉的一页。

巴山妇女在战斗中成长

吴朝祥

1932 年底，红军来到我们家乡，巴山的穷人解放了，巴山的妇女解放了。当大家知道红军是专门打地主、打军阀，为穷人谋利益、打天下的队伍时，大巴山区的男女老少无不欢喜。尤其是红军主张男女平等、婚姻自由，把我们妇女当人看，受尽苦难的巴山妇女，个个像飞出笼子的鸟儿，奔走相告，喜上眉梢，不少妇女逃出家门，跑去找红军，主动为部队当向导、送情报、通消息，积极要求参军参战。我也是那时参加红军的。

那时妇女出来参加红军、参加工作，不是一件容易的事情。红军刚到，群众不太了解，坏人乘机造谣诬蔑，说共产党"共产共妻"，红军红头发红眼睛，专整女人。许多人对红军存在惧怕心理，不敢接近。再加上封建礼教作怪，社会上认为女人出门参加工作、参加红军，同男人、大兵混在一起，是伤风败俗、不成体统的事。所以，当时的妇女要走出家门，没有革命的勇气和坚定的决心是不行的。有的妇女白天出去做了工作，晚上回到家里挨打受骂，第二天照样跑出去找红军。

我记得，江口有一位妇女，名叫苏大芳，幼年死去亲人，很小就成了孤儿。她12岁那年给别人做了童养媳，红军解放了她的家乡时，当牛做马的苏大芳看到红军里有女兵，待人像亲姊妹一样亲热，宣传妇女解放的道理，每一句话都温暖着她的心。因此，她瞒着家里人，跑到元沱乡参加了革命工作。她的老公公知道后，邀一些人把她抓回家去，叫来她娘家的一位叔父，说苏大芳丢了他家的脸，把苏大芳捆在柱头上，打得死去活来。还说要用菜刀切开她的腿肚子放上盐巴，免得她再跑。14岁的苏大芳，在毒打和恫吓面前，没有眼泪，没有悲伤，没有动摇，没有悔恨，反而更加坚定了"生为红军人，死做红军鬼"的决心。她趁家里的人离开的时候，挣断了绳索，忍受着浑身伤痕的疼痛，再次逃跑出来，到大寨乡参加了红军。当时，像苏大芳这样的妇女，何止她一人啊！

红军到巴山，巴山大变样。广大群众在苏维埃政府的领导下，打土豪，分田地，当了家，做了主。在苏区，各种各样的妇女组织相继建立，省、县委有中共妇女部、少共妇女部，乡、区有群众性的妇女生活改善委员会（后改称女工农妇协会）。各级地方组织和脱产武装组织，都有妇女参加，女同志和男同志享受着同样的权利，其中不少干部是女同志，她们同样出色地干各种各样的工作。例如，姚明善就是川陕苏区开天辟地的中共妇女部长，还有副部长陈映明；少共妇女部长先是我，后来是肖成英、刘万寿；在县一级，吕明珍是宣汉县的副县长；方面军政治部主任张琴秋，总供给部女工营营长林月琴，赤卫军连长何莲芝，更是受人尊重的女同志。

在军队中各级宣传队、新剧团、医院、被服厂工作的，大多数也是女同志。在初期的地方武装中，妇女没有单独的组织，但她们参加的人数不少，分担了大量的工作，就我知道的万源县赤卫军和模范连，妇女一般都占总人数的40%。有的地区因为男人抽鸦片烟的多，妇女参加赤卫军的比例更是达到50%以上。在少先队、儿童团中，女孩子和男孩子一样，扛着红缨枪，戴着红袖章站岗放哨。

根据地刚刚建立，任务十分艰巨。解放了的巴山妇女，为了保卫、发展和建设革命的根据地，英勇顽强地战斗在不同的岗位上，发挥了巨大的威力。那个时候，男同志大多数参加红军到了前线，或者参加政府工作。因此，无论是平时的生产建设、拥军扩红、站岗放哨、防奸除霸，还是战时抬担架、搞救护、运粮食、送弹药，都离不开妇女。

为了保证战争的胜利，妇女们积极开展大生产运动，努力生产，多打粮食，支援前线。红军的冷暖，时时刻刻挂在她们的心间。当前方急需物资时，村村寨寨的妇女组织起支前队，把自己生产出来的、节省下来的东西送给红军。她们白天下地劳动，晚上回到家里赶做支前物品。每当夜晚，她们邀约一起，坐在院坝头、堂屋里，乘着月色，向着火堆，照着油灯，有的打草鞋，有的缝袜子。巴山的妇女很能干，心灵手巧，粗活细活都会做，她们用蓑草、稻草、麻线、布片编出一双又一双精致的草鞋，用自己织出的白布做出一双双结实的袜子。有的妇女没有新布，把自己的衣服剪掉，一针针、一线线缝成袜子送红军。每双草鞋每双袜子，都倾注了妇女们的一腔热忱，都是妇女们热爱红军的一颗心啊！

为了动员广大群众参军参战，保卫苏维埃，妇女们组织起宣传队。当时的宣传形式，主要是唱山歌。歌词是新编的，反映的是妇女解放、拥护苏维埃、送郎参军等内容，由于内容实在，教育作用可大啦。经过妇女们的宣传，老年人封建脑瓜开了窍，再不反对女儿们出门开会和工作。女人家好多动了心，摘下耳环子，扯掉裹脚布，投身到了革命的行列；不少抽鸦片烟的男人也发了狠，砸了烟灯和烟枪，拿起矛子和梭镖，参加了保卫苏维埃的斗争。妇女们在宣传群众的同时，还带头动员自己的亲人参军参战，整个解放区到处可以看到母亲送儿当红军、妻子送郎上战场的动人情景。

在频繁的战争中，广大妇女承担了运送弹药粮食和救护伤员的主要任务。无论是两次反"围剿"，还是我军主动发动的几次战役，无论是寒冷的冬季，还是炎热的夏天，一支支妇女运输队日夜奔忙在千里运输线上，哪里的战斗最紧张，她们就把粮食和弹药送到哪里。大巴山区荆棘丛生、坡陡路窄，一袋袋粮食，一箱箱弹药，全是妇女们用背架子一背一背地背上前线。一步一把汗，但没人叫苦，没人喊累，一个个豪放乐观，志比山高，每到歇憩的时候，总会听到她们豪迈的歌声：

大巴山高白云翻，
山高坡险行路难。
妇女组成支前队，
人人有副铁脚板。
背炸药，背子弹，
背粮食，背伤员，
来来去去像条龙，
枪林弹雨打不断。
军民齐心打白匪，
前方后方一线连，
背去一片拥军情，
背回捷报处处传。

她们把弹药和粮食运到前线，又把伤员送往后方。运输队变成了担架队，她们就地取材，从山坡上砍下青冈木树棒做杠子，割来葛藤编网子，做成一副副担架，把伤员抬下火线，送进后方医院。有的伤员伤势很重，沿途还要及时救护。在医院里，医生、护士和工作人员，大部分也是女同志，她们夜以继日地工作，付出了艰辛的劳动。

1933年3月下旬，为了加强后方警卫和有利于集中主力，中共川陕省委抽调机关妇女干部100余人和妇女群众积极分子200余人，在通江县城成立了妇女独立营，这是川陕革命根据地和红四方面军第一支正规化的妇女武装队伍，下编3个连队，从营长到马夫全是女同志，我也到了妇女独立营。营长陶万荣、政治委员曾广澜是从鄂豫皖根据地过来的老同志，其他干部和300多名战士差不多都是大巴山区的妇女，年龄都在20岁左右，体格健壮。干部战士不蓄头发，穿着打扮和男同志一样，头戴八角帽，身着灰军装，腰扎皮带，腿缠绑带，赤脚穿草鞋，肩挎小马枪或大刀，一个个英姿飒爽。

独立营成立后，马上投入了紧张严格的军事训练，白天练投弹、练射击，晚上进行夜行军、夜间偷袭等课目的演习。在初步掌握一些战术技术之后，便担负了保卫后方，歼灭残敌和土匪的重任。在鹰龙山的战斗中，干部战士机智勇敢，未损一兵一卒，解决了田颂尧的1个团，缴获了大批武器弹药。这一仗，旗开得胜，妇女独立营声威大震。

此后，这支妇女武装，虽然几经扩大、缩小和改编，但它在红四方面军的领导下，一直转战于大巴山区、嘉陵江畔和雪山草地的各个战场，担负着繁重的警卫、运输和打击敌人的任务，在保卫苏区和西进途中的多次战斗中，英勇杀敌，流血牺牲，创造了许多可歌可泣的英雄事迹。

1934年3月，红四方面军妇女独立团成立，下辖3个营，曾广澜任团长。在刘湘向我根据地发起"六路围攻"的第二期总攻中，总部命令妇女独立团紧急抢运物资和转送伤员。在往返100公里的山路上，战士们不分白天黑夜奔跑不息。全团只有几匹牲口，大量的粮食和军需物资全由女战士们肩挑背扛，不少同志肩头磨破了皮、脚板打满了泡，血浸了出来也一点不顾。最困难的是转送伤员，山高坡陡，下雨路滑，稍不留神就有滑下山崖的危险。同志们抬着担架，为了保证伤员的安全，减轻他们的痛苦，前面的跪在地上，手指像钩子一样抓住石头、抓住路面，后面的双臂伸直把担架高高举起，腿打着战战，臂也打着战战，一步一步地向上攀登，衣裤磨破了，膝盖磨破了，臂肘磨破了，殷红的鲜血流了出来，洒在路旁的小草上，浸进路面的泥泞中，蹚出了一条用鲜血铺就的道路。有的战士出血过多，又在泥水中泡了许久，把伤员抬到安全地以后自己的伤口却感染了，无法医治，献出了宝贵的生命。

这支诞生于大巴山区、转战千里、功勋卓著的妇女武装，后来又踏上了长征之路，几过草地，奉命西征，走过了极其悲壮的历程。她们的英名永存！